刮掉鬍子的我
撿到的女高中生

1

しめさば

插畫／ぶーた

Kadokawa Fantastic Novels

序章 電線桿下的女高中生

我失戀了。

對方是和我在同一間公司上班的女性，年紀大我兩歲。她的名字叫後藤小姐。

後藤小姐很會照顧人，從研習時便對我很好。她的笑容端莊，又會為別人設想，是化為社畜的我內心的支柱。

「既然有男人，一開始就跟我說啊……」

不曉得自己已經喝下了幾杯啤酒。我那坐在對面位子上，笑得一臉事不關己的同期同事橋本，他的輪廓看起來也模模糊糊的。

沒錯，我和後藤小姐約會去了。在公司連續服務五年，我終於邀她去約會了。她爽快地接受了邀約，讓我心裡頭充滿「搞不好這樣子有機會！」的期待前往赴約，而後我倆一塊兒漫步在動物園裡。坦白說比起動物，我淨是在看後藤小姐的側臉，還不時側目瞄向胸部。

總之我可是卯足了幹勁，心想不可以白白浪費這個好機會。逛完動物園後，我們在一間時髦的法式餐廳用了晚餐。我已經不記得食物是什麼味道了。

接著，我蓄勢待發地邀請了後藤小姐。

「要不要直接到我家來呢？」

我們倆彼此都是大人了，這番話的意思她應該能隨即理解才是。我掛著摻雜期盼與不安的眼神望向後藤小姐，結果她卻是傷腦筋地笑了。

而後，她搖了搖頭。

「雖然我在公司裡頭絕口不提，但我有男朋友了。」

＊

「那妳幹嘛來約會啦！」

「哎呀，吉田，這你今天講第六次了。」

「一萬次我也要說……」

「我可不想聽同樣的事情一萬次耶。」

橋本面帶苦笑，看我大口喝著啤酒。

「你就喝到這邊吧。」

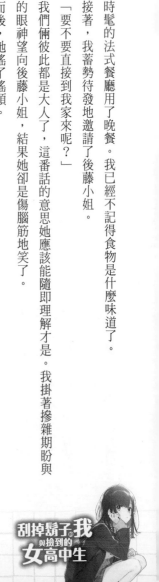

「笨蛋，我的憤怒哪會因為這點酒而平息啊。」

「你明明酒意上來後比較火大嘛，那樣只會沒完沒了啦。」

正是因為事情並非發生在自己身上，橋本才說得出這種話。今天不喝酒，我根本撐不下去。

被後藤小姐甩了之後，我茫然自失地坐在小公園的長椅上低垂著頭。

一問之下才知道，原來她從五年前就有男朋友了。

換句話說，當我和她認識的時候，她已經有男人了。

「真像個蠢蛋一樣……」

我居然對一個名花有主的女人傾心了五年。

「我被騙了……把我的愛慕之心還來啊……」

當我口吐著半推卸責任的話語垂下頭時，我感覺到怒火在自己心中益發旺盛，勝過了悲傷。

注意到這點的瞬間，我便打了電話給橋本。

「我還想說你怎麼忽然找我出來，結果是要抱怨失戀了啊。」

「有什麼關係，我平常還不是都在聽你炫耀和老婆之間的恩愛插曲。」

「那不是炫耀，是在發牢騷。」

「在聽的人耳裡都一樣啦！」

講了一大堆，橋本還是回應了我的邀約，像這樣在聽我訴苦。

「唉唉……我本來以為有機會的耶。」

「有男人就沒辦法啦，更何況還交往了五年呢。」

「我好希望她用那對看似柔嫩的奶子幫我套弄一下啊！」

「笨蛋，你太大聲了。」

我的眼角捕捉到，在隔壁桌喝酒的粉領族瞟了我們這邊一眼後露出苦笑的模樣，但我才不管那麼多啦。可能酒過三巡也是原因之一，我感覺到尋常的羞恥心明顯地消失無蹤了。

「一想到溫柔地拍打我肩膀的那隻手，還有那張說出『辛苦了』的嘴巴全都被人用過，我就難受到快死掉了……」

「那是因為你的妄想很寫實吧。」

「既然如此，真希望她做過之後再把我甩了。」

「我想那樣子的震撼鐵定比較大。」

喝了酒之後再說話，我便十分清楚自己是以多麼下流的目光在看待後藤小姐。但我認為這也是無可奈何的事情。到了這把歲數，無論怎麼努力，戀愛情感和性慾都會變成難分難捨的關係。人就是這樣的生物。

「不過我的疑問得以解除，倒是舒爽多了。」

「疑問是指？」

「呃，我一直覺得那麼漂亮的後藤小姐，不可能沒有男人嘛。況且她也二十八歲了吧？那是女人差不多開始要急著結婚的年齡了。」

「沒錯，所以我才想說施加壓力就能夠達陣了……我根本就不曉得她有男人啊……啊，小姐！再來一杯啤酒。」

我舉起手向居酒屋的店員點單後，橋本嘆了口氣。

「你喝太多了啦。我今天要在末班電車前回家喔。」

「我知道啦。」

「無論你把身體狀況搞得多麼糟糕，我都不會照顧你喔。」

「不要緊、不要緊。」

把橋本的忠告當成耳邊風，牛飲了一堆啤酒後，我感覺心情暫時從失戀的痛苦中解放了。

＊

「喔噁……嗯……嗚……嗚噁噁……」

我在道路側溝前抵著雙手吐了。

離開居酒屋、和橋本道別，到搭上計程車為止都沒問題。計程車裡獨特的氣味令我頭昏，恐怕是這股暈眩成了引子，來自酒精的嘔吐感也同時湧上了。

我一下計程車，立刻就把配酒所吃的肉類和蔬菜吐了出來。

稍微走了一陣子，我又吐了。這次嘔出了帶有酒臭味的液體。

而到了現在，我又在住家附近的路上吐了第三次。嘴裡吐出的黃色液體好苦啊。

「可惡……後藤……」

全都是那女的不好。

我搖搖晃晃地站起身，走了幾步後又想吐了。然而，我知道自己已經吐不出東西，所以就不蹲到地上去了。

我忍受著噁心走著走著，設置在十字路口旁的電線桿便映入了眼簾。只要在那個矗立著電線桿的十字路口右轉，馬上就到我家了。

我帶著茫茫然的眼神，凝視著電線桿走去。我立刻就注意到電線桿有股突兀感。與其說電線桿本身，應該說是它的下方。有人蹲坐在電線桿底下。

……是醉漢嗎？

如果是都市的車站附近，有人躺在地上是稀鬆平常的光景，但我還是初次見到自家周遭，有蜷縮在路上的人。

我靠了過去，發現對方似乎是女性，而且還是個女高中生。這是因為，那個人穿著「制服」。她身穿深藍色西裝外套，還有灰色的格紋裙。由於她穿著裙子抱膝蹲坐在那邊，因此內褲一覽無遺。是黑色的。

……感覺不像是角色扮演。

我在剎那間如此判斷。走在都市裡的「那種」街道上，會很常看到做高中生打扮的女人拉客的身影；可是以那種角色扮演來說，電線桿底下的那名少女身上的制服實在太過「樸素」了。

我瞄了一眼手錶，只見時間已經過了凌晨一點。都這麼晚了，這女高中生究竟是怎麼了啊？

「喂，那邊那個ＪＫ（註：日文女高中生的簡稱）。」

回過神來，我便向她攀談了。

女高中生抬起埋在膝蓋和胸部之間的臉龐，茫茫然地望著我。

「這麼晚了，妳在做什麼啊？快回家去，回家。」

我話一說完，女高中生便大大地眨了個眼，開口說道：

「已經沒有電車了。」

「妳要在那兒待到早上嗎？」

「感覺那樣也會很冷。」

「那妳要怎麼辦？」

女高中生「嗯——」地低吟，而後歪過了頭。

仔細一瞧，她長得挺可愛的。她有一頭接近黑色的茶髮，雙眼則是很細長。鼻子的線條雖然很漂亮，不過前端卻很圓潤。她的長相介於「美女」和「可愛」之間。儘管我認為她很可愛，卻不是我喜歡的類型。

歪著頭的女高中生，倏地把脖子的角度挪回去，直盯著我瞧。

「叔叔，讓我住嘛。」

「叔……妳啊……」

被人家叫「叔叔」，以及這名女高中生莫名輕浮的感覺令我火上心頭，於是我便放大了音量。

「哪有女高中生會跟剛見面的『叔叔』走啦！」

「可是我今天沒地方回去。」

「回到車站就有KTV或網咖了吧。」

「我也沒有錢。」

「那妳的意思是，要我免費開放家裡給妳住嗎？」

聽我一問，女高中生就「啊——」地叫了一聲，隨後自顧自地點頭回應：

「我會讓你搞，所以給我住。」

我啞口無言。

近來的女高中生全都是這副德性嗎？不，絕對沒那回事。是這丫頭很明顯不正常。

「就算是玩笑，也別說那種話。」

「這不是在開玩笑，我可以喔。」

「妳要我可不要。誰有辦法睡一個乳臭未乾的女人啊。」

「嗯哼。」

女高中生點了點頭，這次露出一個燦爛無比的笑容說：

「那你免費讓我住。」

「……」

我再次啞然無語。

「打擾了。」

我還是讓她進門了。要是在那個地方持續爭執不下，搞到被附近鄰居看見的話，我的立場會很危險。等明天早上再把她轟出去就好。

「聽好了，是妳要我讓妳住下來的啊。」

「嗯？是那樣沒錯呀。」

「這可不是綁票喔！」

「哈哈，好好笑。我知道啦。」

現在不是笑的時候。在這個世道，當男女之間發生糾紛時，男方多半都會被塑造成壞人。在彼此同意之下保護了一個離家出走的少女，結果卻被當成綁架事件處理——這種狀況時有耳聞。

「你的房間好髒喔。」

「獨居男性的住處哪會乾淨啦。」

「也有乾淨的地方喔。」

聽聞女高中生的話語，我慌慌張張地轉過頭去。

她一臉泰然自若的模樣望向我，而後偏過了頭。

「什麼？」

「……沒事。」

那和我無關。

不論這丫頭迄今過著什麼樣的生活，又是在何種緣由下到這兒來的，都不關我的事情。到了明早，我就要把她趕出去。我該做的事僅有這樣。

我並未換下外出的衣服，直接躺在床上。

發生太多事情，今天我的身體疲勞已經到達了極限。再加上酒精的推波助瀾，我的意識隨即朦朧起來了。

「啊，你要睡了嗎？」

「對……妳也自便吧。」

我模模糊糊地回應，於是女高中生輕輕地坐在床上。

「你不做沒關係嗎？」

「別讓我一直重複……小鬼不對我的胃口……」

「這樣呀。」

睡意逐漸支配了我的腦袋。就在我閉上雙眼，即將拋下意識之際，女高中生的嗓音再次動搖著我的鼓膜。

「你有沒有什麼希望我為你做的事呢？」

硬要說的話，我希望她乖乖待在那兒。我也不願意見到「天亮後，我的錢包卻不見了」這種發展。

然而，這未能化為言語。

我實在太睏，身子與嘴巴都無法正常運作。

但在我茫然的意識當中，有件事物強烈地向我的慾望傾訴著。

「味噌湯……」

甫一回神，我就說出了這個詞。

「我好想喝女人煮的味噌湯。」

語畢，我的意識便中斷了。

第1話 味噌湯

一股令人食指大動的香氣，輕盈地入侵了我的鼻孔。

「嗯……？」

我呆愣愣地張開眼睛，發現窗外整個變得明亮了。而且還不是朝陽那種氛圍，而是南向的陽光一股勁兒地照射進來的亮度。

「現在幾點了……」

我眨了眨惺忪的雙目，看向左手並未卸下來的手錶。

「唔哇，已經下午兩點了喔……」

我皺著眉頭從床上起身。

我連幾點回到家都不記得了，不過就自己身上的打扮來看，到家後我連換衣服的空檔都沒有，就進入夢鄉了。

幸好今天是假日。假如是上班日的話，就不是睡過頭這種等級的騷動了。

……對了，從方才就有股令人垂涎的香味一直飄散過來，那是啥啊？我將視線轉向

味道傳來的方向，於是視野中忽然之間——

出現了一名女高中生。

突如其來的狀況，使我的腦子當機不動了。

女高中生直挺挺地站在我的視野正中央，盯著我瞧，而後舉起一隻手。

「早安。」

「妳是什麼人啊！」

我急忙從床上跳開並大喊出聲，女高中生便露出呆愣的樣子，眨了好幾次眼睛。

「就算你這麼問……我也只能說自己是女高中生。」

「為啥ＪＫ會在我家啊！」

女高中生苦笑道：

「是我開口要求借住，你就讓我住下來的嘛。」

「妳說誰要給妳住？」

「叔叔你。」

「我才不是叔叔啦。」

這次她則是不禁笑了出來。

「不，你明明就是叔叔嘛，超好笑的。」

「才不好笑咧。應該說這股味道是怎樣？妳在煮什麼啊？」

我推開站在起居室和廚房之間的女高中生，見到瓦斯爐上的鍋子冒出蒸騰熱氣。我打開蓋子看向內部，發現裡頭煮了味噌湯。

「……味噌湯。」

「我煮了喔。」

「不要擅自在別人家煮味噌湯啦。」

聽見我這句話，女高中生嘆了口氣。

「怎麼，妳嘆氣是什麼意思？」

「是叔叔你要人家煮的嘛。」

「我才不是叔叔。」

女高中生受不了地聳聳肩，口氣強硬地說：

「如果你不是叔叔，那是什麼？我該怎麼叫你才好？」

「稱呼不重要，總之妳給我出去啦。」

她怎麼會如此堂而皇之地進到別人家來啊？而且還在未經許可的情形下，擅自煮了什麼味噌湯。

「你真的不記得了嗎？昨天晚上我在電線桿下傷透腦筋的時候，是叔叔你來跟我攀談的。」

「就說我不是叔……電線桿？昨天晚上？」

聽她這麼一說，昨晚的記憶便模模糊糊地在我腦中浮現。我記得自己在路上邊走邊吐。然後，在我家附近的電線桿底下……

「啊，是穿黑色內褲的——」

「這是哪門子的回憶方式呀？差勁透了。」

「妳是那個抱膝坐在地上的ＪＫ吧。」

「對。」

我的記憶逐漸復甦了。

我不顧一切地和橋本喝了酒，而後在歸途上發現了她。

之後……之後，我做了些什麼來著？

撿到女高中生後的記憶幾乎都不存在了。我的背上冒出了涔涔冷汗。

「……我應該沒有侵犯妳對吧？」

聽見我的問題，女高中生就只是維持正經的表情，直盯著我看。

她沒有回應。我感覺到汗水整個飆了出來。

昨晚可說是我人生中最為爛醉的時候，更重要的是還變得自暴自棄，會做出什麼事情都不奇怪。

「……喂，妳說句話啊。」

我流著冷汗如此問道，於是女高中生便噗哧一聲，綻放出笑容。

「啊哈哈，你沒有、你沒有。」

「剛才那段空檔是怎樣啊！害我著急了一下！」

「我只是想逗你玩，呵呵。」

女高中生逗趣地搖晃著雙肩，接著說了下去。

「哎呀，我也覺得免費借住不太厚道，所以原本有那個打算喔。可是叔叔你卻堅持『不跟小鬼搞』。」

「真的假的？」

真是幹得太好了，昨天的我。

萬一順勢對女高中生下手，今天的我會在此時此刻把昨天的我做成絞肉吧。看來我即使喝得醉醺醺，依然保有相當的分寸。

「所以，我問了你希望我幫忙做些什麼。」

女高中生在此暫時停頓，而後又忍不住噗哧一笑。

「結果你就說『希望我每天煮味噌湯』。」

「那不是求婚嗎！」

我可以斬釘截鐵地說，就算我再怎麼爛醉如泥，也不會講出這種話。

女高中生一副十分有趣似的咯咯笑著。我整個被她捉弄了。

「叔叔你呀——」

「我不是叔叔。」

「叫什麼名字？」

「……吉田。」

女高中生「嗯哼」了一聲。

「吉田先生……嗯，很適合你耶。」

「這啥意思？」

「就是說你的長相很有吉田先生的感覺。」

還是第一次有人這麼說我。這是女高中生特有的感性嗎？老實說，我不覺得自己跟得上。

「你不問我的名字嗎？」

「我並沒有興趣。」

「咦，你問嘛。」

對話的節奏完全是由女高中生掌握。

但是，不斷在腦中稱呼她「女高中生」確實也很累人，起碼問個名字或許也無妨。

「所以，妳叫什麼來著？」

聽到我這麼一問，女高中生便心滿意足地點頭，而後報上自己的名字來。

「我叫沙優。」

「沙優。」

「漢字是寫作『毘沙門』的『沙』，『優秀』的『優』。」

「我還是第一次看到有人拿毘沙門來當漢字的譬喻。」

沙優傻笑著，拿湯杓從鍋裡舀起味噌湯，裝在她不曉得由哪兒擅自取出的湯碗裡。

「喂，妳打算待到什麼時候啊？」

「嗯——」

我開口詢問，沙優便將裝有味噌湯的碗遞給我。

「總之你先喝湯吧，有話之後再說。」

「為啥會是由妳主導啊？」

幾乎在我開口回答的同時，我的肚子咕嚕嚕地叫了起來。

對了，我把昨晚所吃的東西全都吐光光了。而且還睡到中午過後，這也難怪會肚子

餓。

聽見我肚子的叫聲，沙優得意地揚起嘴角。

「你不喝嗎？」

「……要。」

我心不甘情不願地從沙優手上接過碗。

我實在是說不出「我要吃東西了，所以妳快點回去」這種話來。

第2話 住宿費

「吉田先生你被甩啦？好可憐喔。」

沙優啜飲了一口味噌湯，一副彷彿不干己事地如此說道。不，實際上確實和她無關就是。

我原本打算盡快將她掃地出門，不知為何她卻對昨天的狀況打破砂鍋問到底，而我也不曉得為什麼會向她娓娓道來。

「妳絕對不覺得我可憐吧。」

「我有、我有！被甩很難受呢。雖然我沒有被甩過就是了。」

「這樣啊……」

我進行著一場不著邊際的對話，同時喝著沙優所煮的味噌湯。

總覺得很久沒有喝到沖泡式速食以外的味噌湯了，感覺莫名美味。鹹味恰到好處，而「某人親手烹調」這個事實，讓人銘感五內。

唉唉，好想喝後藤小姐自己煮的味噌湯。

「味噌湯好喝嗎？」

沙優開口問道，打斷了我對後藤小姐的幻想。

「啊……嗯……還好。」

「到底是好不好？」

「還頗好喝啦。」

「頗好喝嗎——」

沙優咯咯發笑，對我露出了惡作劇般的眼神。

「你心裡在想，真希望喝那位後藤小姐？所煮的味噌湯吧。」

「……才沒有咧。」

彷彿被她看透了內心一般，讓我有些彆扭。我從沙優身上移開目光後，她又再次逗趣地笑了起來。

「我說中了嗎？你真好懂耶。」

「妳真是個煩人的ＪＫ呢。」

我露骨地皺起臉龐，結果沙優就像是連這也覺得有趣似的，搖晃肩膀嘻嘻笑著。

總覺得和這丫頭說話，內心深處會有種好似憤怒又像羞赧的情緒，我也搞不太懂那是什麼。

對話的步調全都被她帶著走。主導權握在女人手裡，讓人的心情不怎麼愉快。

「嗳，吉田先生。」

「喔哇！」

她忽然在我耳邊低語，使我肩膀顫抖了一下。沙優的臉蛋，不知何時出現在我臉龐的正側面。她不斷將自己的臉逼近到我面前。

「我來安慰你吧？」

摻雜著呼氣低喃而出的這句話，令我感覺全身寒毛直豎。

「所以說，就叫妳別講這種話了。」

我用力推開沙優的身子，她便嘟起了嘴巴。

「咦，你真不坦率耶。」

「笨蛋，我可沒有悽慘到要讓妳這種身材貧瘠的ＪＫ安慰啦。」

我話一說完，沙優便「咦——」一聲歪過頭去，緩緩解開西裝外套的釦子，再將它脫掉。

「我覺得自己的胸部頗大的耶。」

語畢，她挺起了胸部。沙優的雙峰隔著襯衫，毫不保留地主張它的存在。像這樣子展現出來，實在讓人忍不住直愣愣地盯著看。畢竟我是個男人啊。

「嗯……嗯，或許就女高中生來說妳確實很雄偉……可是後藤小姐更驚人。」

「哈哈，原來她更驚人呀。」

沙優嘻嘻一笑後不再挺起胸部，回復到先前有點駝背的姿勢。

「她大概是什麼罩杯呢？」

她一臉若無其事地問出這種話。

什……什麼罩杯……那個會有多少呢？

「不……不曉得，不過八成有F吧。」

「F就和我一樣喔。」

「啥？妳那樣也有F嗎！」

「嗯。如果看起來比我還大，那應該有G或H吧？」

H罩杯……H罩杯是有多大啊？

對於有如寫真偶像一般的罩杯尺寸，我的腦袋陷入混亂。一次就好，真希望那個H罩杯幫我夾一下。我不會說出是夾什麼東西。

「可是呀——」

沙優開口說。

「比起碰不到的H罩杯，可以碰的F罩杯比較好吧？」

說完這句話，沙優又再次用力挺起胸部，偏過頭去。

我自然而然地溢出嘆息。

「妳啊，千方百計地勾引我是想做什麼啦？萬一我真的侵犯妳，妳打算怎麼辦？」

「咦，就很正常地做呀。吉田先生你還滿帥氣的，我並不討厭喔。」

「……妳想和我上床嗎？」

我一問，沙優的眼睛便眨了好幾次。

「不，並不是那樣。」

「那妳到底是怎樣啦！」

我不禁站了起來。從剛剛開始，她的言行就嚴重自相矛盾，我無法理解。

「倘若妳並不想搞，就別來逼迫我啦！有的男人可是會面不改色地下手耶。」

聽聞我這番話，沙優皺起了眉頭，側過頭去。

「那我反過來問你。」

「什麼啦？」

「明明眼前有個女生說可以給你上，你為什麼不下手呢？」

「啥……？」

既不算嘆息也不是疑問的一口氣，從我的喉嚨流瀉而出。感覺我倆的思考方式有所

歧異，而這並不是光憑年齡差距就足以解釋的。

我以有如望向異物的眼神看著沙優，於是她浮現了苦笑。

「你怎麼會露出這種表情呢？不正常的是吉田先生你呀。迄今沒有人會不做任何要求，親切地讓我住宿。」

「……」

聽見沙優的這番話，我無言以對。原以為她現今的處境，是高中生特有的小規模蹺家還什麼的，可是從這個口吻聽來，她已經好幾個月沒回家了吧？

而且，我隱隱約約有種不好的想像，猜得到她在這段期間是如何獲得棲身之處的。

「……妳是蠢蛋嗎？」

我低聲喃喃說道，蹲在沙優眼前。

「妳是打哪兒來的？拿學生證給我看。」

語畢，沙優的神色頓時蒙上一層陰霾。

然而那也只是須臾之間的事。沙優嫣然一笑，由裙子口袋取出一個小小的折疊式錢包，並從裡頭拿出了學生證。我把它接過來看。

「旭……旭川……」

我的嘴巴張得老大。

上頭寫著「旭川第六高級中學二年級生」。
「妳是從北海道來的嗎？自己一個人？」
「嗯。」
「妳是什麼時候離開北海道的？」
「大約半年前吧。」
整整半年都沒回家？
這裡可是東京正中央，高中生獨自從北海道前來也太遠了。
「妳有確實跟父母親說嗎？」
「沒有。」
「笨蛋，那就快點回……」
說到這兒，我的話語便中斷了。
這是因為，直到方才都還嘻皮笑臉的沙優，表情明顯地黯淡了下來。
沙優掛著好似遙望遠方某處的目光，說道：
「我不在之後他們八成覺得神清氣爽，所以不要緊。」
「這種事情妳不會知道吧。」
「我知道。」

如此回應的沙優，眼眸裡浮現出好似混雜了寂寞和死心一般的情緒。

我感到有點心痛。

「我已經沒錢了，只能鑽營取巧，住在別人家裡。所以——」

「妳說鑽營取巧，那是怎麼做來著？」

「……」

沙優支支吾吾的。

我開始火大了起來，但並非在氣任何人。

「少瞧不起人了。」

當我回過神，就說出這句話了。

「我不曉得先前的傢伙如何，不過我對妳的身體可是一丁點興趣都沒有。」

「那麼……」

「既然不想回家也不去上學，那妳要做什麼過活啊？」

我如此問道，只見沙優傷腦筋地蹙起眉頭。

「所以說，我會去找願意讓我借住的人……」

「我把妳轟出去之後，妳有什麼盤算？」

「想……想辦法找下一個人。」

「妳所謂的想辦法，具體來說是怎麼做？」

「這個……」

我的話語令沙優大傷腦筋地吞吞吐吐。

為什麼妳不明白啊？

我認為若是一般的思考模式，不會有「隨隨便便地誘惑陌生男性」這種念頭。不，事已至此，我不明白何謂「一般」了。

我在心底反覆玩味著這份不曉得算是憤怒或悲傷的心情，同時斬釘截鐵地開口，藉以擺脫掉那道情緒。

「給我去工作。」

「工作？」

「對。就算是輟學的小鬼也一樣，所有人都在工作賺錢討生活。」

「可……可是……」

沙優低聲說道。從她先前游刃有餘的態度來看，完全想像不到聲音會這麼小。

「區區打工的薪水，付不起房租呀。」

嗯，這話確實不錯。歸根究柢，在賺到有錢住得起房子為止的這幾個月也必須找個地方住，總不能這段期間都露宿荒野。

「那妳住在這兒不就好了？」

「咦？」

「我說，妳可以住在這裡。」

聽我說完，沙優一副不敢置信地反覆眨了眨眼睛。

「可……可是我什麼好處也沒給你。」

「我才不要妳所擁有的東西，無聊。」

我皺起臉孔，把話說了下去。

「身上沒錢！也沒有地方住！那就來勾引男人吧！——我要矯正妳這個愚蠢至極的想法。」

「你從剛才就一直嚷著愚蠢愚蠢的……」

「是很蠢啊！蠢透了。妳這個嬌生慣養的傢伙，吃米不知米價。」

沙優把話語給吞了回去。

從正面瞧向她的臉蛋，發現她果然很可愛。

這是為什麼呢？我心中淨是這樣的心情在打轉。難道她就不能度過循規蹈矩的青春生活，談場正正經經的戀愛，像這樣子來過活嗎？

「妳沒有地方住吧？」

「嗯。」

「那就住在我家。」

「……嗯。」

「那麼，首先妳要包辦這個家的所有家事。這就是妳目前的工作。」

語畢，沙優驚訝得杏眼圓睜。

「我還以為你是要我去打工。」

「日後我會確實要求妳那麼做，但現在要先讓我們倆的生活步調一致。若是妳任意妄為，我會很困擾的。」

沙優的嘴巴開開合合的。

感覺她有話想說，我便等候著她。最後她終於開口了。

「你講得好像我可以永遠住下去似的。」

「那我會很傷腦筋。倘若妳離家膩了，就快快回去。」

「……我能夠待到那之前為止嗎？」

面對這個問題，我猶豫著該如何回應。

在這數分鐘之間的對話，我明白了這丫頭的依賴心相當強。

她這一路走來，應該都過著輕易誘惑男人來借住的隨便生活。雖然會比那樣辛苦，可是想必有更加健全的路可以走過來才對啊。

我認為對不喜歡的男人眉來眼去，要比肉體層面的吃苦難受許多，但看來這種感受在她心中早已變得淡薄了。

感覺我若是說出「妳就盡情待著吧」，她有可能真的會在這兒住下好幾年。

我慎重地選擇遣辭用句，才終於開了口：

「我會讓妳待到那個愛撒嬌的個性改善為止。」

說完，沙優便露出有些目瞪口呆的表情，點了點頭。

「我……我知道了。」

我呼一聲吐了口氣，重新坐到地板上。

我很罕見地激動了起來。明明我並沒有優秀到足以教訓別人啊。

我拿起擱在桌上那個裝有味噌湯的碗，又喝了一口。

「整個都冷掉了耶。」

不過，沙優所煮的味噌湯，即使冷掉也挺好喝的。

「啊，對了。」

我忽地抬起頭，凝視著沙優的方向。

「怎……怎麼？」

沙優從我身上別開目光，而後回問道。

先前那副難以捉摸的態度已消失無蹤了。

我以食指對著沙優說：

「下次妳再輕易地誘惑我，我會立刻把妳趕出去。」

「我……我不會再那樣了啦……」

於是，二十六歲上班族和蹺家女高中生奇妙的兩人生活就此揭幕了。

然而，這時的我實在太過小覷，和「女高中生」一同生活有多麼辛苦了。

第3話　香菸

「咦，那很不妙吧？」

橋本說。

唉，我早就料到了。

「你果然這麼覺得嗎？」

「很不妙。」

他再次如是說。

橋本在工作的午休時間問了我喝完酒回去後的狀況，我便在過程中連沙優的事情都告訴他了。

因為我感覺到，這個問題實在太過重大，無法藏在自己一個人的心中。

別看橋本這樣，他的口風很緊，不會那麼輕易將這件事洩漏給其他人知道吧。

「她的家人沒有報警協尋嗎？」

面對橋本的問題，我領首回應。

「這點我也很在意，所以在她睡著後偷偷上網搜尋了名字。」
「然後呢？」
「連個協尋的『協』字都沒有。」
「這樣啊……」
橋本把手抵在下頷，「嗯——」一聲感到納悶。
「話是這麼說，收留一個來路不明的女高中生啊……」
「仔細想想很不妙對吧？」
「用不著仔細想就很不妙啦。」
「哎呀，什麼事情很不妙？」
我嚇得從椅子上跳了起來。
就在我們倆「嗯嗯嗯」地沉吟時，忽然有人從背後開口攀談。我回頭一看，發現盈滿了笑容的後藤小姐望向我們這邊。
「喔，後藤小姐……」
我想自己的臉上應該浮現出了一張難以言喻的表情。
她可是數天前很乾脆地甩掉我的對象，還對我露出和以前毫無二致的笑容。
「沒什麼大不了的啦。」

橋本堆滿笑容，代替說不出話的我回答。

「我們在網路上購買了頗貴的商品，可是好像不小心重複訂購了。不曉得能不能取消，所以才在著急啦。」

而且他還鄭重地幫忙補充了煞有其事的謊言。

橋本真是個機靈的小子。

「那還真糟糕。你們倆都一臉煩惱的模樣，我還以為怎麼了呢。」

後藤小姐嘻嘻笑道，而後對我們稍稍揮了揮手。

「你們再不快點去吃飯，午休就要結束了喔。」

「哈哈，我們馬上就去。」

橋本也笑著對她揮手。

我面露苦笑，目送後藤小姐步行離去的背影。

「……再怎麼說也不能一聲不吭吧。」

「不！你要我對甩掉我的人說什麼啊！」

「呃，好歹打聲招呼啦。」

橋本嘆了口氣，從椅子站起來。

「我們到餐廳去吧。」

「好……」

我也跟著站起身。

唉唉，後藤小姐怎麼會一副理所當然似的來搭話啊？

明明才剛剛被甩，後藤小姐在我的眼中依然燦爛光輝。

黑色裙子和外套很適合她，直條紋藍色襯衫也穿得整齊合宜，可是看起來卻莫名地煽情。帶了點波浪捲的茶色髮絲和低調的唇蜜，既高雅又性感地映照在我眼裡。

該死，感覺我會好一陣子都放不下。

還有——

「她的奶子果然很大對吧……」

「吉田，你說出來了。」

＊

我加了兩個小時的班。

在離家最近的車站下了電車時，已經過晚上九點了。

「她吃過飯了沒呢……」

我腦中想起人應該待在家裡的沙優。

由於她說身上沒錢，我想說總之有個一千圓就足以支付午餐費，僅留下那些錢就出門了。搞不好她吃不起晚餐，正餓著肚子。

我繞到超商，隨便買了兩個便當。

在匆匆返回自家的途中，我回想起橋本中午對我說的話。

『你最好別對她投入太多情感。在引發問題前，讓她回監護人那裡去比較好。』

這種事情我心知肚明，但是……

『我不在之後他們八成覺得神清氣爽，所以不要緊。』

沙優說出這番話時，那張看似放棄一切的表情，烙印在我的腦海裡。

「還是個高中生的小鬼，別露出那副模樣啦。」

我低聲輕喃，趕回家去。

我開了鎖，開啟家裡的門之後——

一股讓人食指大動的香味飄散而來。

連接到起居室的走廊途中，設置有一個廚房空間。沙優一隻手拿著湯杓，就站在那

前面。

「啊。」

沙優看向我，開口說：

「你回來了，爸爸？」

「別那樣叫，會讓我反胃。」

我稍微鬆了口氣。

我原先猜想沙優說不定會餓到倒地不起，看來她還有精神說笑。

「你總是這麼晚嗎？」

「不，今天加班。」

「你偶爾會加班呀。」

「不，每天都要加班。」

「那就叫『總是』嘛。」

我在談話的同時脫下鞋子，然後覷向沙優在攪拌的鍋子，發現裡頭裝的是味噌湯。

從它還熱騰騰地冒著蒸氣這點來看，似乎是剛剛才煮好的。

「又是味噌湯啊。」

「因為你很喜歡呀。」

「我有那麼說過嗎？」

我歪頭不解，於是沙優便咯咯一笑，回答道：

「畢竟你在失去意識的前一刻說出『我好想喝味噌湯……』，我想應該是相當喜歡吧。」

「我真的有說過那種話嗎？」

我完全沒有記憶。

「可是抱歉，我只有煮味噌湯。」

「我有買便當回來，所以無妨。妳也要吃吧？」

我舉起一隻手提著的塑膠袋給沙優看，她便嫣然一笑，點了點頭。

來到起居室，我發現洗乾淨的衣物摺好放在角落。替換的襯衫上頭的皺紋也確實撫平了。原來她幫我洗好還燙了衣服啊。明明我就沒有拜託她。

我不經意看向地板，只見堆積的灰塵和掉落的毛髮全都無影無蹤了。我就這麼緩緩地環顧室內，尋找吸塵器。它出現的位置，和平常放置的地方不一樣。

她還吸了地板啊？

我側眼瞄向沙優，她正哼著歌把味噌湯裝進碗裡。

雖然我要沙優做家事，坦白說卻沒有期待她會做得如此周到。或許她出乎意料地是個靈巧的傢伙。還有，這也代表了她挺有責任感吧。

我脫下西裝，迅速地換上家居服。

接著我從西裝口袋裡，拿出中意的「紅色萬寶路」和Zippo打火機。

「嗯？」

這時，我注意到平常放在起居室桌上的菸灰缸不見了。

「沙優。」

「嗯——？」

「我的菸灰缸怎麼了？」

聽我一問，沙優才恍然大悟似的敲著手，從餐具櫃裡拿出了亮晶晶的菸灰缸。

「抱歉，清洗餐具的時候我把它一起拿去洗了。」

「這樣啊，謝謝妳。」

「啊，嗯……」

我接過菸灰缸，往陽台去。

「咦？」

我背後傳來了沙優的聲音。

「嗯？」

回過頭一看，沙優目瞪口呆地望向我這裡。

「怎麼啦？」

「沒有，我想說你明明可以在起居室抽就好。」

沙優這番話令我皺起了臉龐。

「為啥啊？」

「你平時總是在那邊抽，對吧？」

「是那樣沒錯。」

「那你為什麼要特地跑到陽台去呢？」

我不明白她詢問的意圖。

「因為有妳在這兒啊。」

我回答之後，沙優驚訝得瞪大了雙眼。

有什麼事情讓她那麼吃驚啊？

獨處的時候我會隨心所欲地抽，但附近有不吸菸的人在時，再怎麼樣我也不會毫不客氣地抽起來。這是理所當然的。

「妳那是什麼表情啊？」

「不……」

沙優的視線垂向地上，臉上的神情像是想起了某些事。

而後，她隨即露出傻氣的笑容。

「我只是覺得你好溫柔喔。」

「啥？」

話中帶刺的疑問句不禁脫口而出，於是我連忙噤口不語。

這是個壞習慣。不該太過給孩子施壓。

「妳說哪裡溫柔來著？」

「呃……那個……啊哈哈。」

沙優笑著蒙混過去，忸忸怩怩地把手交疊在身後。

「因為至今那些人……無論我在不在場，都會大剌剌地抽菸……」

聽到這件事，我的心中再次遭到稱不上是憤怒或悲傷的情緒給支配了。為什麼這丫頭會像這樣，淨是被一群令人遺憾的大人給建立起價值觀呢？

「又是吃掉ＪＫ，又是在未成年人面前抽菸，真是一群荒唐的傢伙。」

我不屑地傾吐著好似無處發洩的怒氣。

我以那隻拿著菸盒的手，直指著沙優。

「聽好了，不是我溫柔，而是那幫人是群混蛋。妳可別誤會了。」

「咦……」

「別把基準放低了，要用正確的尺度衡量事物啊。」

我接二連三地說完，而後再度伸手碰觸陽台的門扉。

「我抽完之後就來吃飯，妳稍等一下。」

「……嗯，我知道了。」

聽見沙優的回應，我走出陽台關上了門。

我覷向室內的沙優，只見她浮現出困擾的笑容，搔抓著後頸。

我拿出一根香菸，以拇指推開Zippo打火機的蓋子。幫香菸點起了火之後，我便關上打火機。「叮」的一聲響徹於黑夜。

我吸了一口菸，再吐了出來。

「……唉──」

嘆息同時也流瀉而出。

實際體會到自己上了年紀。

見到女高中生，我的心情總會忍不住像個監護人一樣。我無法理解那些能夠對她起心動念的人在想什麼。

我腦中回想起沙優那難以言喻的笑容。

我認為她當真長得很可愛。更坦率的笑臉，鐵定比較適合她。

是誰讓她的價值觀混亂到此等地步的呢？

當然，她本人依賴心重的本質也有影響。不，我想那是最大的原因。然而，絕對存在著將那份性質引導至負面方向的大人們和環境。這件事讓我有些火大。

「真的淨是一群混帳王八蛋。」

我低聲說著，而後又抽了一口菸。

就連講出這種話的我……

也是個容許女高中生撒嬌，給了她一個地方逃避的混帳。

所有人都一樣，包含我也是。

大夥兒都活得我行我素。

在吐出煙霧的同時，我稍稍思索了自己所作所為的意義。

第4話　衣服

星期六。

我躺在起居室裡看報紙。由於我家沒有電視，只有透過報紙來收集時事了。

「涉嫌性侵國中女生而遭到逮捕啊……」

我搔抓著屁股瀏覽著報導，於是這樣的內容映入了眼簾。

我也不是不能理解年輕女生看來十分耀眼，但我依然無法把她們當成情慾的對象。

從前我認為這應該是普世價值，可是鑒於經常有針對未成年人的性犯罪被報導出來，或許會對未成年女性慾火焚身的男人意外地多。

「我覺得年長的大姊姊比較好就是啦。」

我喃喃說著，翻閱報紙。

「打擾一下喔。」

沙優抱著要拿去洗的衣物，從懶洋洋地躺在起居室的我身上跨了過去。

由於事出突然，走過去的沙優其裙底風光全被我瞧見了。布料是水藍色的，看起來

有點薄。我注意到自己因為她所穿的內褲比想像中成熟而有些倉皇失措，於是連忙動起嘴巴說話藉以掩飾。

「妳的內褲都被看光了喔。」

「畢竟我穿著裙子，沒辦法嘛。」

我忽地望向沙優，發現她就像平時一樣，穿著制服在做家事。

「話說回來，妳一直穿著制服耶。」

「我只有這套衣服。我有確實清洗，所以不會髒。」

「但是在房裡穿著制服也很奇怪呢。」

說完，我便坐起了身子。

我拿出放在公事包裡的錢包，並看向裡頭。喔，剩下的錢比預料的還多耶。我點點頭，從裡面取出了印著福澤諭吉的紙幣。

「來，拿這個去買幾件衣服吧。UNIQLO應該能夠湊齊全身的衣物吧。」

「咦，那樣不好意思啦。」

「每天看妳露內褲，我也很不愉快啊。」

沙優「嗯——」地沉吟了半晌，才像是想到了什麼似的敲起手來。

「那我們一塊兒去買吧。」

「咦……」

我皺起臉龐。

我想像起我倆一道去買衣服的模樣。

「感覺好像援助交際一樣，很討厭耶。」

「哈哈，的確。」

「妳自己一個人去買啦。我會在那段期間買妳的被褥回來。」

聽聞「被褥」這個詞，沙優展現出了過度的反應。

「咦，沒關係啦！地毯就很夠我睡了。」

「妳起床的時候身子會痛吧。」

「沒那回事。」

她為什麼會客氣到這種地步呢？

我都說要買給她了，老老實實地道聲謝不就好了嗎？

「每次妳起來都會說『痛痛痛』不是嗎？」

「咦，才沒有呢。」

「就是有。」

是下意識的發言嗎？

「只有自己躺在床鋪，讓女人睡在地上讓我很過意不去啊。」

「可是……」

「我很介意，所以要買。我沒有在詢問妳的意見。」

「嗚……」

不過追根究柢，連客人用的被褥也沒有準備的家，以一個社會人士而言實在讓人無法苟同就是了。

我原本料想，頂多只有和臭男人聚集起來喝個通宵時，才有讓人家借住的機會。而且，假如有需要讓女朋友住下來這種狀況發生，只要睡在同一張床上就行了。

「所以，今天妳就去買衣服吧。」

「我知道了。」

「剩下來的妳可以拿去當零用錢。」

「咦……」

此時，沙優再度面露困惑之色。

「不用啦。」

「可是妳身上沒錢吧？在這種空無一物的家裡，每天都過著沒有娛樂的生活也很辛苦，不是嗎？」

「光是你願意讓我住下來就很夠了。」

這丫頭看來有跟大人客氣的習慣。

我不曉得迄今一路走來她都待在什麼樣的大人家裡，最起碼是需要客套的對象這一點，我瞭如指掌。

我自然而然地嘆了口氣。

「我都說可以了，妳就收下吧。若是沒有要花掉，那存起來就好啦。」

「但……」

沙優的目光在地上游移，一副無法接受的樣子。

「你對我這麼好……我不知道該怎麼向你報恩才是。」

這番話實在太過耿直，令我頓口無言。

原來沙優她並不是在客氣嗎？她隨時都在思考如何償還接受到的恩情。她認為無法清償的恩惠，就不能接受。原來事情是這樣啊。

我「嗯——」了一聲，抓了抓頭。

為什麼會這樣……她明明就只是個小鬼啊。

「我啊……」

我選擇著詞彙。該怎麼說才能傳達給她呢？

「還挺忙的，所以不太能撥出時間做家事。」

我結結巴巴地緩緩接著說下去。

沙優直勾勾地望著我的雙眼。

「可是，現在有妳一手包辦。最近這一個星期來，我待在家裡的時間輕鬆多了……就憑這樣的理由不行嗎？」

我回望沙優的雙眸，於是她困擾地別開了眼神。

而後喃喃說道：

「如果吉田先生你覺得那樣可以……那就好。」

「那就這麼決定了吧。」

我點點頭，站了起來。

總不能穿著如此皺巴巴的家居服出門，因此我打開了裝設在家裡的小衣櫃，斟酌著合適的服裝。

「吉田先生。」

就在我唰地脫掉上半身的衣物時，沙優對我開口。

「幹嘛？」

我僅以眼神看了過去，只見她抿緊了嘴唇。

接著隨即破顏展露柔和的笑容。

「謝謝你。」

「……喔。」

我哼了一聲，從頭上套下T恤。

這樣子就對了。

我在心裡頭自言自語著。

*

「哇！好鬆軟喔。」

沙優在被褥上頭滾來滾去。

她換下制服，身上穿著一套寬鬆的灰色休閒服。在家裡果然還是這樣比較不突兀，而且怎麼看都很舒適。

「笨蛋，會揚起灰塵啦。」

我似笑非笑地婉轉告誡沙優，她便抬起臉蛋看著我。

「我每天都有打掃，所以沒有灰塵喔。」

「……也是喔。」

我敷衍地點了點頭，拉起手上罐裝啤酒的拉環。它「噗咻」地發出了暢快的聲音。

「還是有套寢具比較好，對吧。」

我喝了一口啤酒，詢問沙優。

「嗯，感覺今天會睡得很香。」

「那真是太好了。」

「吉田先生。」

沙優直盯著我瞧。

「我們一塊兒睡覺吧。」

「咕呼！」

我完全做好了她會對我道謝的心理準備，因此意料之外的話語差點讓我把啤酒給噴了出去。

不過我緊閉著嘴巴，總算忍下來了就是。

「咳咳……」

我把啤酒吞下肚，慌忙咳嗽著。

「你……你沒事吧？」

「妳啊……」

我對沙優豎起了食指。

「我說過妳再輕易地誘惑我，我會把妳趕出去吧。」

聽我說完，沙優就像是「早就料想到你會這麼說」似的得意地揚起嘴角。

「我可是一個字也沒說要做色色的事情呀。」

「啊？……喔……嗯……也是。」

「吉田先生，這表示你認為和女高中生同床共寢，理所當然就是要做那種事吧？」

「笨蛋，我才沒有那種興趣啦。」

「咦，真的嗎——？」

沙優開心地嘻嘻笑著，而後無謂地在被褥上滾來滾去。

我側眼看著那副模樣，再次喝起罐裝啤酒。感覺這瓶啤酒比起獨飲要來得美味，是我的錯覺嗎？

「所以？你要一起睡嗎？」

滾個沒完的沙優停下了動作，把視線投向我這邊。

「不要，我要在床上睡。」

「你在害怕嗎？」

「我是不喜歡睡在狹小的地方啦。」

我話一說完，沙優便淘氣地笑著收起下巴，自然地變成了抬起眼神望著我。

「這很柔軟喔，拿來當抱枕如何？」

沙優指著自己的身子說道。

我哼了一聲。

「我當真會把妳掃地出門喔。」

「開玩笑的啦。」

我看向抖著雙肩咯咯笑著的沙優，腦中茫茫然地回憶起今天上午的她。

那張不習慣大人所給予的溫柔，看似惴惴不安的表情。以及當她心裡忐忑時，便會畏縮起來的態度和音量。

回想起來，我便覺得心情有點空虛。

「妳啊——」

我喝下一口啤酒，之後開口說道。

沙優只將目光投向我身上。

「掛著笑容比較可愛喔。」

語畢，沙優便愣了一下，隨即稍微羞紅了臉頰。

「怎麼，你是在泡我嗎？」

「就說我沒那個興趣了。」

沙優開了玩笑後，就背對著我。

她在害羞、在害羞了。

再重申一次，我不喜歡被女人主導對話的節奏。我在心中竊笑，並大口喝著啤酒。

小鬼還是露出笑容比較好。

我是真心這麼覺得。更重要的是——

比起惶惶不安而縮起身子，態度從容不迫地笑著的她，感覺要可愛多了。

不過，無論如何，小鬼都不對我的胃口啦。

我手上拿著空空如也的罐裝啤酒，走到冰箱前面。

我打開冰箱，從裡頭再拿了一罐啤酒出來。

「你還要喝嗎？」

「我明天也放假，沒關係啦。」

我在拉起拉環的同時回應沙優。

而後漠然地心想：

家裡有個說話的對象，還真是意外地不賴呢。

第5話 豬排咖哩

自從沙優來了之後，我在自家的生活環境產生了明顯的變化。

首先，早上出門前及下班回家後，必定會有人準備餐點給我。這可是個非比尋常的變化。以前開伙我都是隨心所欲，頂多只有在突然間無論如何都想吃某種食物的時候，邊拿智慧型手機查詢食譜邊試做的程度。除此之外基本上是在超商隨便打發，早餐甚至是不吃的日子比較多。

還有，洗衣服這個自己做挺麻煩，只會在週末不情不願地動手的差事，她會天天替我做，這點也很重要。就連我上班穿的襯衫，也因為在平日清洗和熨燙實在麻煩到家，我買齊了五件和備用的兩件。然而，如今幾乎每天都會有人洗衣服，而且還燙好了。我從來沒想過，不用自己洗衣服是如此愜意。

當家裡的生活產生改變，我在職場的狀況也連帶有所轉變，這點連我自己都感覺得出來。

大概是拜早餐有吃之賜，上班時間開始之後我的腦袋莫名地靈活，而且吃午餐前也

不會受到強烈的空腹感所侵襲，因此注意力會持續到午休前一刻。還有，雖然我認為這完全是心情上的問題，但身上穿著平整無比的襯衫，感覺就會格外神采奕奕。

家有太座的那些傢伙，每天都是帶著這樣的心境在工作的嗎……

我敲打著鍵盤思考。

「這樣的心境是指怎樣的心境呢？」

隔壁的橋本凝視著螢幕，唐突地開口說道。

「啥？你在說什麼啊？」

我反問橋本，於是他噗哧一笑後，側眼看向我。

「難道是下意識的發言嗎？你剛才自個兒喃喃說著：『家有太座的那些傢伙～』這樣耶。」

「啊……咦？真的假的？」

我連忙按住嘴巴，只見橋本抖著肩膀憋笑。

「有個人願意每天為自己做家事，很值得慶幸對吧。」

橋本像是看穿了我的心事般說著，之後聳了聳肩。

「坦白說，我已經記不太起獨居時做家務的那些辛勞了。」

「這就是所謂的好了瘡疤忘了痛呢。」

「可能吧。不過吉田你的情況，在某種程度上也得自己動手才行。畢竟那女孩不會永遠待在你身邊啊。」

橋本這番話言之有理，但莫名高高在上的發言，令我有些火大。

「你還不是一樣，太太不見得會一直陪著你。」

我情急之下如此回應，結果橋本卻傻笑著揮了揮手掌。

「不，我們八成會一塊兒待到撒手人寰為止吧。」

「這樣啊……」

雖然難免出言抱怨，但我曉得橋本很疼老婆，可是像這樣堂而皇之地曬恩愛，我便無言以對了。

「不過，她真的很認真地在幫你做家事呢。」

橋本並未停下敲打鍵盤的手，壓低音量說道。

在職場當中，我僅有告訴他沙優來到家裡之後的經過。追根究柢，讓沙優借住在家一事，我只有和橋本一個人談到。沒有其他對象可以讓我聊這種事情。

「她做得比我拜託的還好。」

「說到蹺家少女，會給人頗輕浮草率的印象，可是她在這種地方相當可靠呢。」

聽聞橋本這番話，我也連連點了好幾次頭。

老實說，沙優操持家務的狀況，要比我預料的還認真了好幾倍。剛開始收留她的那幾天，我原以為是因為幹勁十足，她才會做得那麼完美，實際上並非如此。從我將家事交付給她的那天起，沙優天天都持續做著同樣的工作量。說真的，和「蹺家少女」這個形象相去甚遠。

在為她超乎想像的努力所佩服的同時，我感覺她的本性變得愈來愈模糊不清。儘管外貌不對我的胃口，卻也是相當姣好了。而且她不但會做家事，態度也和藹可親。這樣的她為何會離家出走，千里迢迢來到這種地方呢？憑我的腦袋，就連理由都想像不到。

「你的眉頭皺了起來喔。」

橋本出聲一講，我才恍然回神。

「畢竟你忽然露出那種表情嘛，會嚇人一跳。」

「呃……抱歉。」

我含混不清地在嘴巴裡回應，於是橋本哼了一聲，以下頜指著掛鐘。

「要去吃飯嗎？」

我跟著他的動作看向時鐘，發現時間已經過下午一點了。來到這個時候，大夥兒便開始出去吃午餐。

「這個嘛……寫完這行剛好來到一個段落，就走吧。」

我邊說邊敲打鍵盤，輸入程式碼。暫且存檔並備份後，我讓電腦進入休眠狀態。

我望向橋本那邊，他似乎也一樣完工了，穿上了原本脫下的外套。我們彼此稍稍點了個頭，從位子上站起來。

「我去吃午飯嘍。」

橋本以散漫的聲調如是說，位子在附近的員工便漠不關心地回以一句：「慢走。」

我也跟著做出午休離席宣言，而後和位置稍遠的後藤小姐對上了眼。

「啊……」

她稍微張開了嘴巴，之後慌慌張張地離開位子。

「我也要去吃飯了。」

語畢，後藤小姐便拿著錢包站起身子。我對這樣的她抱持突兀感，同時離開了辦公室。她平時會在更晚一點的時間才午休，今天是肚子特別餓嗎？

「今天要吃外面還是餐廳？」

「我沒有特別想吃什麼，就上餐廳吧。」

聽聞我的回應，橋本點點頭，裝模作樣地做了一個舉手禮。

後頭傳來了喀喀喀的腳步聲，我有意無意地聽著那道聲音，感覺像是為了追上我們而加快腳步似的。我回頭欲一探究竟，便發現後藤小姐的臉龐出現在我意料之外的近距

離內，令我不禁向後跳開。

「唔哇，後藤小姐。」

「『唔哇』是怎樣呀？」

後藤小姐見到我的反應嘻嘻笑著，髮梢隨之搖晃。

「你要去吃飯對吧？」

「是那樣沒錯。」

「我也可以一塊兒去嗎？」

「咦？」

無法立即回應的我，嘴巴開開合合地向橋本投以求助的視線。他忍不住笑了出來，用力拍著我的背。

「當然好啦！我們要去吃員工餐廳，可以嗎？」

橋本掛著滿面笑容如是說，後藤小姐便面露開心的微笑，點了點頭。

「當然。」

「那我們走吧……喂，吉田，別愣在那兒啊。」

「啊……嗯……」

當我跟不上這突如其來的發展時，橋本再次拍了我的背。

「……這是個聊聊的好機會吧。」

橋本以只有我聽得見的細微音量這麼說，聞言我微微頷首。

的確，自從被後藤小姐甩掉之後，我一次也沒能和她好好談話。這是橋本為我撿來的機會。

我做好了心理準備，前往員工餐廳。

＊

「妳點的東西意外地份量十足呢……」

看著把豬排咖哩套餐放在桌上的後藤小姐，橋本帶著苦笑說道。於是後藤小姐戲謔地歪過了脖子。

「我可不是平常都這樣喔。是因為今天肚子很餓。」

「……妳平時總是吃小巧的超商沙拉嘛。」

我小小聲地插嘴，而後橋本便毫不掩飾地奸笑著。

「喔，吉田，你真是觀察入微耶。」

「只……只吃沙拉實在很醒目啊。就算是感覺在意體重的女性同事，至少也會吃個

飯糰啦。」

「呵呵，別人的餐點你還看得真仔細。」

「嗚……」

心情上好像被人家指出了卑劣的行徑似的，令我的臉變得有點燙。

尷尬起來的我，吸起有如習慣一般不假思索地點了的中式拉麵。儘管味道感覺很廉價，不過對得起它的價格。細節難以解釋，但我總覺得很喜歡這股庸俗感。好似在說著「這就是醬油湯頭」般刻意為之的醬油味在我口中蔓延了開來。我感受著這股味道，緩緩咀嚼著。

「最近呀——」

開心地大快朵頤淋上了咖哩醬的豬排後，後藤小姐把目光瞄向我，同時開口說道。

「吉田你都會準時下班呢。」

後藤小姐像是哼著歌的輕快語氣，令我莫名地心跳加速。她在意我的回家時間這點有些讓人開心，以及我準時下班的理由多少帶有愧疚一事，諸如此類各式各樣的想法在我心中打轉。

「呃，近來我的工作狀況還不錯……事情結束得很順利，所以才能早點回家啦。」

我別開眼神這麼說，於是後藤小姐淺淺一笑。

「先前即使是自己的分內事做完，你也會開始幫忙處理別人的部分，搞得想回也回不去。明明這樣子的狀況很多呢。」

「嗚……為什麼妳連這種事情都……」

過去確實是如此。坦白說，如果只是自己一天的工作量，我有信心自己所習得的技能可以每天都毫無窒礙地處理掉。然而，這間公司的工作量會因涉及的專案和本人能夠運用的技術量不同，每個人會出現相當大的落差。因此只要有同事感覺比我還忙，我就會忍不住出手協助。

可是，最近之所以沒那麼做，理由完全是因為待在我家的那個女高中生。

雖然工作中無可奈何，不過家裡有其他人在，而且還是個未成年人，「得快點回去看看狀況」這種奇妙的使命感便會驅策著我。所以，近來我會速速完成自己的工作，確認和我主導的專案相關的同事進度之後，就會準時下班。

只是，後藤小姐居然如此仔細地觀察我的下班時刻，這在各種意義上都讓人驚訝。嗯，畢竟她身為我的上司，說不定只是在關心許多員工的工作狀況，而非只限於我，但受到諸多留意，讓我有些怪不好意思的。

「你回家的時刻忽然變早，這令我有點在意。」

後藤小姐如是說，嘴裡又塞滿了咖哩。她舔掉沾在嘴唇上的咖哩醬，那副模樣莫名嬌媚，於是我連忙別開眼神。我的視野一角，映出了橋本在旁邊輕輕發笑的樣子。喂，你是在笑什麼啊？

「上司還留在公司，卻只有我一個準時回去。在周遭人眼中果然很讓人介意嗎？」

聽我說完，後藤小姐便愣愣地眨了數次眼睛，而後燦笑道：

「我不是那個意思。反倒是在這家公司可以光明正大地準時下班，就證明你在工作方面很能幹吧。」

這番話使我有些雀躍。無論何時，工作被上司誇讚總是讓人開心，而且被傾慕的她以直率的話語認可也令我格外舒暢。正因如此，面對最該抱持戒心的問題，我才會變得毫無防備。

「比起那個，我更在意那個理由呢……你交了女朋友嗎？」

我嗆到了。我按捺住吸到一半差點吐出來的麵，慌慌張張地嚼了起來。把東西吞下肚之後，我隔了一拍才說：

「我怎麼可能去交女朋友呢！因為我……」

才剛跟妳告白啊——險些這麼說出口的我沉默了下來。這是因為，我注意到自己講話的音量還挺大的。我發現坐在隔壁桌的數名員工側眼瞧著我，於是我清了清喉嚨。

「因為我……什麼？」

後藤小姐得意地笑著，同時偏過頭去。她顯然是在刻意捉弄我。

「請妳饒了我吧……」

我一說完，隔壁的橋本便故意「呵呵呵」地抖著雙肩笑出聲音來。

後藤小姐也一副十分逗趣似的嘻嘻笑著，儘管如此依然沒有放棄提問的樣子。

「倘若並非交到了女朋友，那麼你想早點回去的理由是什麼？」

被她這麼一追問，我便窮於回答了。

老老實實地說出：「因為我在家裡藏了一個女高中生……」不管怎麼想都很不妙。

不如說根本想都不用想。

只是，很難在隱瞞真相的情況下解釋，既是孤家寡人又沒有特別興趣的我，為何會歸心似箭。

「……是……是睡眠……」

狗急跳牆地脫口而出的，是這番話語。

「這陣子，我在讓自己多睡一點……」

「嗯哼……是睡眠問題呀……」

後藤小姐頷首的方式，要說是接受與否都成立。

「我想說……在疲憊不堪的狀況下工作……也提升不了效率，因此正試圖改善。」

我吞吞吐吐地勉強把話說到這兒，一旁看不下去的橋本便出言相助。

「嗯，實際上近來他的臉色很好，工作狀態也相當不錯。應該有效果了吧？」

像這種時候，橋本當真很可靠。他以不矯揉造作的口吻，自然而然地為我引導對話。我認為這是自己絕對無法辦到的把戲之一。

對橋本的話語輕輕點頭之後，後藤小姐便緊盯著我瞧。

「的確，和先前相比你的臉色很好，而且感覺各方面都變得整潔清爽了呢。襯衫也不再皺巴巴的了。」

「妳居然連襯衫都有在確認啊……真讓人有些害臊耶。」

「不要緊，我從未因為襯衫的皺褶暫緩給人加薪過。」

後藤小姐半開玩笑的回答，使我露出苦笑。

只不過，沒想到她連襯衫都看得那麼仔細，真是嚇到我了。雖然很難想像她只對我如此觀察入微，但反過來說，假如她有在留意每個部屬的穿著打扮，那也相當辛苦。我重新體認到，後藤小姐身為上司的驚人之處。

「因為我開始早睡早起，早上也能夠去做燙衣服之類的事了。」

我很不擅長說謊，不過還挺自然地說了出口，讓我鬆了口氣。其實我幾乎沒有自行處理家事，因此方才的發言是很明確的謊言。我原本惴惴不安地心想，自己的眼神有沒

有超乎必要地游移，但後藤小姐剛剛的目光根本就落在咖哩上，所以並未看向我。真是太走運了。

「原來如此，如果是這樣我就可以接受了。」

後藤小姐在嫣然微笑的同時點了個頭，而後又吃了一口咖哩。

放心的嘆息差點流瀉而出，於是我竭盡全力按捺著。我果然很不會隱瞞事情。為了蒙混某些事而費盡唇舌，令人莫名地喘不過氣。

話是這麼說，我總不能四處去跟人家吐露真相。這不光是我自個兒的問題，唯有這件事得慎重處理才行。

「沒有啦，以相同風格工作了五年之久的後進忽然開始有所改變，所以我才會嚇一跳罷了。我並沒有其他意思，你就別介意嘍。」

後藤小姐像是看穿了我先前抱持的疑問般喃喃答道，又將一口咖哩送入嘴裡。回過神來，我才發現她已經吃掉了一半以上的咖哩。反倒是我沒什麼在進食，麵條都開始泡爛了。我慌慌張張地動手吃麵，同時忽地心想。

平時僅以沙拉解決午餐的人，就算比平常要來得餓一點，有可能以這種速度吃下豬排咖哩嗎？

我也曾有一段時期因為太過投入於工作而減少午餐，甚至連午休時間都在做事。但只有最初幾天會覺得飢餓難耐，之後不曉得是否胃部縮小了，一旦習慣後就變成正常標準了。我還記得，反倒會因為忽然試圖吃太多而感到不舒服。

不過，事後在橋本的勸戒之下，我有慢慢增加進食量，現在午餐的份量變得和過去一樣就是了。

從這點來思考，後藤小姐豪邁的吃相令我內心隱隱留下了疑問。

說不定平常午餐僅吃沙拉，反而是相當勉強自己才那麼做。

我吸著麵條思索這些事情時，感覺到有視線迎面而來，於是抬起了頭。隨後，我和後藤小姐四目相望了。

大吃一驚的我，連忙別過眼神去。

「什……什麼事……」

我低頭望著中式拉麵，同時做了一個很沒出息的回應，結果後藤小姐從鼻子哼著氣笑道：

「沒有啦，我只是想說，你的表情好像在擔心著別人耶。」

聽聞這句話，我忍不住抬起視線。再度和後藤小姐四目相接後，她微微偏過了頭，浮現出惡作劇般的微笑。

「我說中了？」

「啊，不是……」

我感覺到臉部的溫度逐漸提高。

這個人為何淨是在注意那些用不著觀察的地方，害我心裡很難為情啊？

「吉田，你果然有了喜歡的人吧？」

「咦？」

由後藤小姐口中所說出的這番唐突話語，讓我發出了愚蠢的聲音。

「方才你一臉正經地心想的人，對你來說很重要吧？」

「呃，那個……」

我說不出「剛剛我是在想妳」而吞吞吐吐時，後藤小姐瞄了一眼自己的手錶，接著身子驚訝得一顫。

「糟糕！我今天提前午休，是因為預計要開會！」

說完，後藤小姐慌張不已地把剩下來的幾口咖哩塞滿了嘴巴，站起身之後對我們揮了揮手。

「抱歉，手忙腳亂的。下次再聊嘍。」

「啊，好的。」

「辛苦了——」

我目送急急忙忙離開餐廳的後藤小姐，而後稍稍吁了口氣。

總覺得超累人的。

「結果到底是怎樣啊……」

我喃喃低語，一旁的橋本便忍不住笑了出來，戳戳我的肩膀。

「她是想和你聊聊吧。」

「說什麼蠢話。究竟是哪裡有趣，才會讓她來和自己剛甩掉的男人聊天啊？」

「介意的人只有你吧？」

橋本事不關己地笑著，而後把筷子放在托盤上。

「後藤小姐感覺很開心，淨是在和你聊天嘛。」

聽他一講，回想起來後藤小姐似乎確實都在和我說話。橋本頂多只有從旁附和或調侃而已。

「我認為啊，搞不好出乎意料地八字有一撇喔。」

「笨蛋，最好是有啦。」

我不會抱著奇怪的期待過活。更何況還是面對甩掉自己的對象，抱持希望根本腦袋有問題。

我冷冷地駁回橋本的話語，接著他又得意地笑個不停。

「我可是被現在的太太甩了五次喔。」

「這我曉得……但你比較特別吧。」

「就算你這麼說，那也不保證你就不特別吧。」

「……」

我啞口無言。

我覺得再講下去也沒個結果。

「吉田。」

橋本再次戳了戳我的肩膀。

「被甩掉之後才是關鍵啦。」

「你真的很吵耶……」

我有些後悔，不該跟這傢伙談論失戀話題的。只是，那時候不找個人傾訴，我根本撐不下去。而且除了橋本之外，沒有人能聽我講這種事。這麼一想，就覺得那也是無可奈何的。

「好啦，抽根菸之後就回去吧。」

橋本這麼說，讓我嚇到了。

「你不是戒菸了嗎？」

「是戒啦。不過今天看你畏畏縮縮的很可憐，我就陪你抽吧。」

語畢，橋本從西裝口袋拿出的東西是涼菸糖。我不禁噗哧笑了出來。

「你啊……」

「總比一個人抽要來得好吧？」

「……那好，你就陪我吧。」

我們倆離開位子，前往位在同一層樓的吸菸室。

我實在很不喜歡被橋本捉弄，不過說來說去他也確實老是在幫我的忙呢——我不甘心地如是想。

第6話 鬍子

「吉田先生，你的鬍子。」
就在我動筷子吃早飯的時候，沙優突然指著我的下巴說道。
「啊？」
「你不刮鬍子沒關係嗎？」
我以筷子劃破沙優所煎的荷包蛋蛋黃，同時回答。
「今天不用，反正也很麻煩嘛。」
「啊，是喔。」
沙優啜飲著味噌湯。
「吉田先生，你有些日子會刮了鬍子再出門，有時則不會。當中有什麼特別的含意嗎？」
「沒有啦，只是變長就會刮掉罷了。」
「今天那樣算是還沒有『變長』呀。」

沙優淺淺一笑，拿筷子戳起煎好的香腸。

聽她一說我便有點在意，於是以手指摩擦著自己的下頜。隨著唰唰的聲音，我的手指頭留下了難以說是堅硬或銳利，一種無法形容的觸感。

「不，還是剃掉好了。」

「到底是要剃還不剃？」

我把破掉的蛋黃混著蛋白，拋進嘴裡。

「該怎麼說，感覺好像變成了一個大叔。」

我話一說完，沙優就歪過了頭。

「為什麼？」

「呃，就鬍子。」

「因為鬍子長出來了？」

「不，並不是那樣。」

我扒著白飯，低吟著出聲否定。細細咀嚼後，我把飯吞了下去。

「剛滿二十歲那陣子，只要鬍子稍微冒一點出來，就會在意得把它刮掉。而且會超級注意是否有地方沒刮乾淨。」

然而如今卻是這副德性。

倘若看起來不到邋遢的程度，即使鬍子長了出來，我也不太會放在心上。

「世間風氣搞得『鬍子』本身好像大叔的符碼一樣，但我總覺得不對。」

我喝起味噌湯。沙優煮的湯依然十分美味。

「『懶得刮鬍子』才是個大叔啦。」

「哈哈，可是也有年輕人嫌刮鬍子麻煩，不是嗎？」

「即使是那樣，仍然會刮啊。口口聲聲喊著麻煩的同時把它刮掉。當臉皮隨著年紀增長而變厚，就會不刮了。」

「是這樣嗎？」

就在我邊說話邊懶洋洋地吃飯的期間，沙優已經把早餐吃完了。

她雙手合十喃喃說著「我吃飽了」的模樣，格外地有模有樣。

「不趕快吃一吃會遲到喔。」

「說得也是呢。」

我點點頭，拿筷子夾起剩下的荷包蛋，丟入口中。半熟的蛋黃那圓潤的鮮味和醬油交融在一塊兒，使我的嘴裡滿是幸福。

自從沙優來了之後，吃早餐已完全成為我的生活樂趣了。

我把小菜和白飯一掃而空，接著啜飲還剩下些許的味噌湯。

「我吃飽了。」

「招待不周。」

在對面等我吃完的沙優，露出傻氣的鬆懈笑容。

「我先去洗碗盤，吉田先生你去刷牙吧？」

「喔，謝謝妳。」

當我正要依她所言，前往盥洗室的時候——

「啊，對了對了。」

沙優的聲音由背後傳來。

「嗯？」

「吉田先生你呀……」

她疊著桌上的碗盤，僅將目光投向我身上。

「不太適合留鬍子。我覺得最好把它剃掉。」

「多管閒事。」

「嘿嘿。」

沙優逗趣地搖晃著肩膀發笑。

我搔抓著背部，前往盥洗室。

我映照在鏡子上的臉龐，感覺莫名疲憊。

回憶起剛搬來這個家的時候，還會對著鏡中的自己講「今天也要加油」之類的話。我會刮掉鬍子，把臉洗乾淨。每天早上都在盥洗室裡鼓起幹勁。

「不。」

我低吟著，同時拿起電動刮鬍刀。

「我果然已經是個大叔了啊。」

我輕聲呢喃，打開刮鬍刀的開關。

*

「三島……又是妳喔？說真的，這是第幾次了啊？」

「啊！吉田前輩，早安。」

「早什麼安啊，妳應該先道歉吧。」

「啊！不好意思，真是抱歉。」

感覺我的額頭從上午就要爆出青筋了。

「妳看不懂指示書是不是？嗯？」

「不，我有確實看過了……」

「就是因為沒有好好看，所以妳才會弄錯啦！」

我大喊出聲，而後看到位子在遠處的後藤小姐將視線投向我們這邊。

我嚇了一跳，輕咳了兩聲。

「哎呀，真的很不好意思。」

掛著一副嘻皮笑臉的樣子在自己的座位上對我低頭的人，是我的部下三島柚葉。她是今年進公司的女性員工，我得照顧這個直屬部下，遺憾的是她記性很差。記憶力不好的社員其他還有一大票，但她在當中尤其鶴立雞群。

而最令人生氣的是她的態度。不管我怎麼罵，她都是一副輕佻的模樣，連張愧疚的表情都沒有。我甚至能夠感覺到，「因為我是新人，所以出錯也理所當然」這般的從容不迫。

「那個……」

三島戰戰兢兢地稍稍揚起目光凝望著我。

「是什麼地方不對呢？」

我的嘆息流瀉而出。

居然要從這裡講起嗎？

「妳用的語言根本就錯了。」

「可是我只會用這種語言。」

「不會用就給我學！我有把參考書給妳了吧！」

「我抽不太出時間來看，嘿嘿。」

就是這張表情。含混帶過的笑容。

這張臉最令我火上心頭。

「夠了，這個案件由我來做。我會交代妳其他工作，妳去做那個。」

再繼續拖泥帶水地東拉西扯也沒用。

自己處理掉還比較快。

「真的很不好意思。」

「如果覺得抱歉，就給我稍微學習一下啊。」

「嘿嘿，我會加油的。」

三島點點頭傻笑著。

我輕輕咂了個嘴，正要轉過身子時——

「啊，吉田前輩。」

「啊？」

回頭一看，三島像是完全忘記剛剛挨罵的事，臉上浮現出無憂無慮的笑容說：

「你把鬍子刮掉比較帥氣呢。」

剎那間，我的思緒停擺了。

我用手碰觸自己的下頷。由於今天刮了鬍子，所以整個很光滑。

馬上便覺得自己像個傻子一樣。

「比起我的鬍子，妳應該更注意工作上的失誤啦！」

「嘿嘿，不好意思。」

我踱著大步回到自己的位子，重重地坐在椅子上。

「你從一大早就很辛苦呢。」

隔壁座位的橋本露出了苦笑。

「那傢伙真的很糟糕耶。好想把她丟給你。」

「我才不要，不要咧。」

呵呵笑的橋本敲響著鍵盤。

我的時間一早就被新人給占去，而我還得處理自己分內的事情，以及從三島那邊接手過來的工作。

我按下電腦的電源鍵。

我的臉龐模模糊糊地映照在仍然全黑的畫面上。

「……我有那麼不適合蓄鬍嗎？」

我低聲喃喃自語，橋本便噗哧一笑。

「怎樣啦……」

「沒有。」

橋本的目光從電腦畫面移開，而後緊盯著我瞧。

「我只是想說『你現在才知道喔』。」

「臭小子。」

看來我的長相當真和鬍子不搭。

明天起每天都來刮吧——大叔我下定決心了。

第7話 化妝品

假日。

我放著毛毛躁躁睡到亂翹的頭髮不管，打開筆電確認電子郵件時，忽然看到了一則網頁上的廣告。

『有個好消息要告訴講究化妝的ＪＫ！化妝品最多打三折！』

我心想「還真是挺籠統的廣告耶」，同時內心突然浮現出疑問。

「咦，女高中生會化妝嗎……？」

「咦？」

正在擦桌子的沙優望向我這邊來。看來我好像說出口了。

「啊……不，抱歉。因為廣告上頭寫著『講究化妝的ＪＫ』嘛。」

「喔……嗯──我想女高中生當中，有很多人會化妝。」

「真的假的……是這樣喔……」

回頭想想，我就讀的高中禁止化妝。儘管如此，硬是做著所謂「辣妹風格」打扮的學生常常會化妝上學，而被負責指導學生的老師警告。然而，會化了妝才來的僅是那一批少數人，因此我不太有「女高中生化妝是『天經地義』的」這樣的感覺。會是時代變了，抑或單純只是我的母校很嚴格呢？關於這點我無法妄下評語，但總之這則消息讓我有種突兀感。

「妳呢？」

「呃？」

「妳之前有在化妝嗎？自從妳來我家後，我從來沒看過耶。」

聽我一問，沙優便低聲否定，而後傷腦筋地歪過了頭。

「倒也不是沒有，算是看心情吧。」

「原來有喔？」

「淡淡的啦。」

嗯，我想也是。她的容貌並不適合濃妝豔抹……應該說她的長相原本就相當端正，看起來只要略施脂粉就綽綽有餘了。反倒是由我這個男人看來，甚至會覺得「保持原樣就行了吧？」這樣。

「……那些東西妳全都留在家裡嗎？」

聽聞我忽然這麼一問，沙優再度偏過了腦袋瓜。

「那些東西是指？」

「化妝用品。妳在這兒都沒有化妝吧？」

「喔……那些東西我好像都沒帶出來。」

「不會很不方便嗎？」

「你說不方便……基本上我就只有待在家，根本沒必要化妝嘛。」

「嗯，或許是這樣沒錯啦……」

我是在想說，突然不做自己原本挺習以為常的事情，不會令她感受到壓力嗎？

我跳到廣告頁面，隨意瀏覽內容後，目光停留在某個部分上。

「化妝水……」

「什麼？」

「妳沒有在用化妝水之類的東西嗎？」

頁面上頭大大地寫著「保養肌膚是比化妝更重要的問題！」這樣的文字。老實說，我對這類的事情極為生疏，但說到化妝水，我就想起橋本也講過「我的皮膚容易乾燥，所以每天晚上都會擦過才睡覺」。既然連男性都有人會在意，那麼花樣年華的女高中生會重視這一塊也不奇怪吧？

我似乎料中了，只見沙優的視線露骨地游移著。

「怎麼樣？」

「嗯……嗯……我是有用啦。」

「很頻繁嗎？」

「……睡前會用。」

「這樣啊。」

我搔抓著頭，之後關閉廣告頁面，再直接關上筆電。

「那我們出門吧。」

「咦，要去哪裡？」

我無視於呆若木雞的沙優，以手撫著睡翹的頭髮，同時前往盥洗室。

我站在鏡子前方，梳過翹得亂七八糟的毛髮，拋下一句話說：

「我們要去買化妝水。」

「呃？」

＊

我駝著背，走在站前百貨公司一樓的化妝品賣場。恐怕這是我有生以來初次走進賣

化妝品的地方。

「你明明平常總是說『感覺好像援交一樣，很討厭』。」

沙優嘟著嘴，似乎仍無法接受硬是被我帶出門一事。

「妳看，化妝水好像在那一帶。」

我指著吊在天花板上的導覽板，沙優便對我投以一個欲言又止的視線，不過隨即輕輕吐了口氣，前往化妝水賣場去了。

我跟在她後方不遠處緩步而行，目光同時游移在賣場內。

這裡有許多形狀和尺寸千奇百怪，外觀光彩奪目的瓶子。牆上的廣告海報，刊載著知名女星的照片。幾乎所有映入眼簾的事物都和我沒什麼緣分，我作夢也沒想到，自己竟然會來到這座賣場。

「吉田先生。」

沙優稍稍招了招手，我趕上去站在她身旁後，她便不時覷向我這裡來。

「幹嘛？」

「沒有啦……這一帶就是賣化妝水的地方……」

「我知道，妳挑個喜歡的吧。」

「沒關係啦，化妝水這種東西……也不是不用就會死。」

「都到這兒來了，妳在說什麼啊？我們是為了買它才來的喔。」

「因為你給我的感覺，就是要不由分說地帶我出去嘛……」

的確，我不否認今天是半強迫地把她給帶出門來。

「好了好了，妳就選一瓶喜歡的吧。我都說要買給妳了，妳就接受我的好意啦。」

我很隨便地躲避著沙優抗議的視線並這樣說道，於是她便露出一副氣鼓鼓的模樣，將目光轉移到商品架上。

望著她的側臉，我漠然地心想。

沙優並不是我的小孩或親戚，按理說我沒有義務照顧她才對。因此，思考這種事情或許搞錯了方向又很狂妄。儘管如此，我依然忍不住會去在意。

雖然只是推測，但我認為目前的沙優陷入了縱使有閒暇時光，在那段時間卻也完全無事可做的狀態當中。即使她說白天會在家處理家務，也不是光靠這樣就能讓她打發時間到晚上。

要是家裡有台電視就好了，可是我從小就沒什麼看電視的習慣，因此開始獨自生活後也沒有買電視機。

關於化妝用品，雖然契機只是我偶然看到網路上的廣告，但總之我想替她準備一個環境，讓她好歹可以自由自在地做著過去所做的事。

另外，從我買被褥和家居服給她的時候我就覺得了，這丫頭似乎極度抗拒讓我買東西給她。明明我都說無妨了，只要乖乖接受就好，她卻很不願意那麼做。

就算我只給沙優錢要她去買，我也猜得到她會找些「挑不到好東西」之類的理由空手而歸，或是選擇便宜貨回來，因此我今天才會千辛萬苦地陪她一塊兒出門。

「吉田先生你呀……」

沙優低頭望著商品架，同時輕聲喃喃說道。她的眼睛被頭髮遮住，使我這邊看不太清楚她的表情。

「怎樣？」

她開口呼喚我，卻很不自然地沒有繼續說下去。當我回問之後，沙優才雙肩顫抖了一下，抬起眼神。

「呃……」

沙優輕聲低語了一句，而後倏地把臉龐轉向我這邊，嫣然一笑。

「你喜歡什麼樣的味道？」

「啥？味道？」

面對沙優那張刻意擺出的開朗笑容及突如其來的話題，我感到困惑。感覺她呼喊我的聲調，不像是要問這種事情。

「就算妳說味道……我不曾放在心上過啊。」

「那反過來問，你有討厭的味道嗎？」

「妳幹嘛問這個？」

我反問沙優，她便低聲說了一句：「因為……」之後把視線從我身上移開，嘀嘀咕咕地回答。

「既然要在你家用，若是味道讓你不喜歡的話，那樣很討厭吧。更進一步地說，選擇你喜歡的味道……會比較好嘛。」

「唉……」

我忍不住嘆了口氣。

「妳太過介意啦。」

「當然會介意呀！都讓你幫我買這種東西了！我不想讓你留下更糟糕的回憶嘛。」

「我並沒有特別討厭的氣味啦，妳就放寬心選吧。」

「不，鐵定有！絕對沒有人不討厭任何味道！」

儘管我心中疑惑她是憑什麼斷定到此等地步，但見她語氣如此強硬，便會覺得最起碼得裝作有在思考才行。

「嗯……討厭的味道……」

猛然浮現在我腦中的是——

「廚餘之類的？」

沙優噗哧一聲笑了出來。

「哪來的化妝水會有廚餘的味道啦。」

「還有，自己腋窩的汗味之類的。」

「啊哈哈，別說了別說了。」

沙優感到逗趣地笑了笑，而後搖搖頭。

「不是那樣，而是……香氣。」

「妳說香氣我也不懂啦。」

「對了，電車！電車呀。」

「電車？」

我回問沙優，她便連連點頭，豎起了食指。

「像是在客滿的電車上之類，人擠得水洩不通的時候，某人身上傳來了香水味而讓你眉頭一皺——有沒有過這種事情呢？」

「……嗯。」

多虧她指定了一個相當局限的場景，我回想起通勤中不時會聞到刺鼻的味道。

「是大叔身上的古龍水味。那種我很受不了。」

「啊……我懂。可是……味道像古龍水那樣的化妝水，八成並不多吧。」

沙優說著，一面取下陳列在架上的瓶子，看向背後的成分標示。低聲喃喃說著「這是……」或「這沒什麼味道……」同時翻過瓶身的沙優，顯然對這種事情相當熟稔。果然如此啊——我輕輕發出了嘆息。

待在老家的時候，她應該也是頗為講究地在挑選這些東西吧。可是她卻忍耐了好幾個月。的確，就像她說的「沒有也不會死」，但起碼在不愁吃穿的現在，我認為她可以享受一下這種接近「娛樂」的事物也無妨。

而關於沙優，無論我再怎麼想……

到頭來思緒還是會碰上一個疑問。

像這種極其平凡的女高中生，捨棄了迄今為止的生活，做出或許會犧牲掉生存之外一切事物的選擇。不惜如此也要逃離家裡的理由，究竟是什麼呢？

就在我思索著這些事情的時候，沙優唐突地面向我這裡。

「吉田先生，你喜歡什麼水果呢？」

「咦，喔……」

由於我分心思考著許多事情，再加上她突然拋了個問題出來，使我格外地驚嚇。沙

優見到我的模樣，偏過了腦袋瓜。

「怎麼了？」

「不，沒事。水果啊……這麼說來，我最近幾乎都沒在吃耶。」

「咦……那你小時候有沒有喜歡的水果呢？」

「小時候啊……」

我漠然地回想。歸根究柢，印象中我的雙親也不太常吃水果。至少不是個會在日常情況下擺出水果當點心或甜點的家庭，這是千真萬確的。

然而，我忽然回憶起了一件事。

『只要拿出暖桌，一定就會想吃呢……』

每年到了冬天，我的母親都會這麼說。

「記得……我還挺喜歡橘子的。」

「原來如此，橘子是吧。」

沙優點了數次頭，而後嘻嘻一笑。

「你家裡以前有暖桌嗎？」

「有。」

我似笑非笑地回應，沙優便開心地嘻嘻笑著。

「那就是柑橘系了嗎……」

沙優輕快地說完，拿起了一個略小的瓶子。

「這個說會有柳橙的香味。」

「喔……」

「喔什麼喔呀。」

沙優的臉明顯地鼓了起來。

「不，所以說，選妳中意的味道就好啊。」

「我想買味道是你喜歡的。」

「只要不是古龍水類的都行啦。」

沙優似乎對我的回答很不滿意，露骨地皺起了臉龐。接著她像是想到了什麼似的忽然停下動作，略略揚起眼神凝望著我。

「幹嘛……唔喔！」

沙優打斷了我說到一半的「幹嘛啦」，使勁鑽進我的懷裡，把身體擠了過來。

「妳……妳這是在做什麼啊？」

「吉田先生。」

沙優看著我的雙眼，露出惡作劇般的微笑。

「如果我身上散發出柳橙的味道，你會怦然心動嗎……？」

「才……」

剎那間，我說不出一句像樣的話來。

她的身子纖細，可是那對以女高中生來說很雄偉的胸部，沉甸甸地主張著存在感。

我陷入了全身上下的感官都變得敏銳的錯覺，感覺沙優的身體異常地柔軟。

我渾身竄起雞皮疙瘩，連忙和沙優拉開了距離。

「才不會啦……」

「啊哈哈，這樣呀。」

沙優展現出戲謔的笑容，像是在說「剛剛那是個玩笑」似的。

「吉田先生，你明明是個大人，在那種地方卻很純情呢。」

「吵死了妳。」

被她耍著玩讓我一肚子火，我便板起了臉孔來，於是沙優就像覺得很有趣似的咯咯發笑。

隨後，她眨眼間收起了那張笑臉，以手肘頂了頂我的胸口一帶。

「吉田先生。」

「嗯？」

「……謝謝你。」

沙優輕聲說完，把方才拿在手上的化妝水遞給我。

「喔。只要這個就好了嗎？」

「嗯，其他應該不用了吧。這也不是那種會一口氣用掉一大堆的東西。」

「這樣嗎？那化妝品之類的呢？」

沙優聽了我的問題，先是露出苦笑，之後嘟起嘴唇望著我，出言調侃。

「你就那麼想看我化了妝的樣子嗎～？」

「才不是那樣咧。」

「那就不用了。」

若無其事地回答後，沙優嫣然笑道：

「在沒有必要裝模作樣的對象面前，根本不需要化妝嘛。」

「……是這樣子嗎？」

我從沙優那兒接過化妝水，前往收銀檯。

「總共是１５７８圓。」

聽店員堆滿笑容這麼一說，我稍微嚇了一跳。

這還挺貴的耶……我在驚訝之餘，同時從錢包抽出兩張鈔票，放在收銀檯上。

「女高中生果然很辛苦啊。」

我小小聲地對沙優說，她嘻嘻一笑後，回了句「真的呢」。

這番話感覺事不關己，口吻簡直覺得自己已經不是女高中生似的。我差點脫口說出「沒去上學，可不代表妳不再是女高中生了喔」這樣的話，隨即吞了回去。

「我們難得出來一趟，再去買點其他什麼東西吧。」

結完帳後，我把裝在塑膠袋裡的化妝水塞給沙優的同時這麼說，於是她露出一臉納悶的表情。

「什麼是指？」

這道詢問，滿滿透露出了「你還打算買什麼東西給我嗎」這樣的語氣。我對此發出苦笑，並聳了聳肩。

「就是什麼。」

我拋下這句話，開始邁步尋找上樓的手扶梯。

「我要把妳丟下了喔。」

「喂，等等呀。」

沙優連忙跟了過來。

總之，就來找一個能讓她在家裡打發時間的玩意兒吧。

我如此思索並走在路上，赫然發現感覺這樣比獨自購物還來得開心。

我悄悄瞄向沙優那邊，她似乎也注意到了我的視線而歪過頭去。

「怎麼了？」

「不……沒事。」

雖然這是我個人感受，不過自從沙優到家裡來之後，我平時總是自個兒做的事情感覺變得有趣些了。

我是個沒什麼興趣的人，假日不是睡覺就是隨意上網瀏覽。倘若想動動身子時，頂多只會到自己有意無意地簽了約的運動中心去。因此，平常購物我只會買食品和最低限度的衣服而已。因為這些緣由，明明離我家最近的車站前有間百貨公司，我卻完全不會造訪；縱使有機會去，也只會機械性地買些必需品就收工。

我好久沒有這麼想慢慢採買看看了。

這些全都是因為有沙優在的關係。

而最大的變化，我想是下班回家途中的心境。

記得先前我總是會回想當天的工作內容，規劃著隔天應該要進行哪個部分，淨是思考諸如此類的事。就算回到家，也只是洗個澡就倒頭睡了。並沒有特別想急著趕回家的念頭。

然而，近來我回家時，滿腦子都在思考沙優的事。像是我上班的時候，她在家有沒有什麼傷腦筋的地方，或是擅自消失無蹤之類的。如此一來，我必然地會準時讓工作告一段落，電車也盡量搭早一點的班次，從車站走回家的腳步也變得稍微匆忙了一些。

對現今的我而言，沙優的存在便是如此重要。

明明應該只是個不請自來到我家的陌生人，我卻總是無法拋下她。

這會因為她是個女高中生，或是在我眼中「看來很可憐」，抑或其他的理由呢？連我自己也不太清楚。只是……

「吉田先生？」

她忽然出聲叫我，使我肩膀抖了一下。

「喔……喔……怎麼了？」

「那是我要問的話。你的眉間都擠出皺紋了喔。」

「咦？喔……」

看來我在沉思的時候，會有皺眉頭的習慣。

「抱歉，我在想一些事情。」

「想事情？」

「妳別在意啦。」

我做了個彆腳的笑容展現出戲謔的態度後，沙優也浮現出生硬的微笑點了點頭。

沒錯，就是這張臉。

沙優是個表情很常反覆變化的女孩子。只不過，她的神情多半都像是「急就章」似的，會令人產生奇妙的突兀感。

每當沙優展露笑容，我都會覺得「這丫頭現在當真是打從心底在笑嗎」，忍不住去想這種多餘的事情。

「沙優。」

「嗯？」

就在踏上通往二樓的電扶梯時，我望向沙優那邊。跟著搭了上來的沙優，以滴溜溜的眼眸回望著我的雙眼。

「……妳可以再更……那個……」

話語無法順利說出口。

妳可以再更依賴我一點啊。

我肯定是想要這麼講。

只是，一想到這句話蘊含了多大的意義，我便覺得自己像個傻子一樣了。

「不，沒什麼……」

「咦？」

「我忘記原本想講什麼了。」

「咦，這是怎樣？」

既然沒有受到沙優依賴，就表示她並沒有信任我到那種地步，也並未感受到我值得仰賴吧。

在這種狀態下不管說些什麼，都僅是表面話罷了。一定會讓沙優覺得困擾。不能操之過急。我決定要慢慢地和她交流，等待對方一點一滴地打開心結。

「吉田先生，那個呀……」

手扶梯上升到抵達二樓的時候，沙優開口說道。

「嗯？」

「不……那個……」

我看向沙優的方向，只見她隨即從我身上別開目光，一副難以啟齒似的吞吞吐吐起來。

「怎樣啦？」

我再度詢問，沙優便稍微羞紅了臉說：

「我……我的肚子……餓了……耶……」

冷不防聽到這句話，一瞬間我的思緒停止了下來。不過隨即就憋不住笑意，整個人笑了出來。

「妳幹嘛講得那麼客氣啊？」

「呃，我也不曉得……」

「這樣啊，妳餓了是嗎？那我們找個東西吃吧。」

我憋笑著，再次踏上手扶梯。

「我想上面的樓層應該有不少餐館。」

「嗯……嗯……」

沙優掛著稍微放下心來的表情，跟在我身後。

笑意漸漸平息下來後，我立刻從鼻子哼了口氣。

沙優她確實察覺到我欲言又止的話語了，而且還做出了最大限度的讓步。

「平常總是讓妳做飯給我吃，至少在外頭，我會請妳吃點喜歡的食物啦。」

我說完這句話，沙優便靦腆地笑著，連連點了好幾次頭。

「嗯……偶爾這樣也不錯呢。」

那看似是一個讓自己接受的儀式，顯得有點可愛。

像這樣一看，這丫頭的笑容果然很棒。我內心坦率地想著，好希望再多看看一點，

好希望她能夠更笑口常開。

「要吃什麼？」

「在家裡吃不到的東西好像不錯……像是蛋包飯之類的？」

「蛋包飯在家也可以吃吧？」

「黏稠稠的蛋得要在店家才吃得到呀！」

「這……這樣啊……」

就在我們倆聊著無關痛癢的話題並前往餐飲店的期間，我心中對沙優感受到的那股茫茫然的不安，好似被抹去了一般。

與此同時，讓比我小的少女顧慮我到這種地步，自己的不中用令我有點不甘心。

*

「好重喔……」

「好啦，已經到了。」

我滿身大汗地打開玄關的鎖，而後讓雙手拿著塑膠袋的沙優先進到家裡去。

「唉————重死人了……我……我還以為要往生了。」

「拜託妳別這樣子就翹辮子啊……是說妳快點進房去啦，我也覺得很重耶。」

「你那是自作自受啦……嘿咻。」

儘管抱怨連連，沙優依然再次舉起了自己手上的塑膠袋，進到起居室去。我也跟在她後頭，脫下鞋子走進屋內。

我的肩膀上掛著一個紙袋，裡頭裝了在百貨公司買的漫畫和文庫書。由於紙袋的提手面積莫名地狹小，卡進肩膀裡超痛的。

我想這是有生以來，第一次在書店大量購買到需要拿紙袋的地步。

「你買那麼多，有時間看嗎？平日你吃完飯洗個澡之後馬上就睡了嘛。」

「我會在假日慢慢看的。」

在稍微有點昂貴的蛋包飯專賣店吃過飯後，在百貨公司裡閒晃的我們發現了一間書店，於是兩人一同走了進去。這就是此次狂買的契機。

有段時期，我想說在通勤時間來看個漫畫，所以會買了週刊少年雜誌才去上班。但我隨即察覺到，要在擁擠的電車當中看漫畫雜誌是件很困難的事。雖然試著撐了一個月左右，還是馬上就罷手了。那時我看了覺得很有趣的漫畫似乎還在繼續連載，而且難得來書店一趟，所以我全都放進購物籃裡了。

這些是表面上的理由。當然，我自己想看也是原因之一，不過我是想說，當沙優在

家裡閒來無事時，有個能夠隨手取得的玩意兒應該會比較好。因此除了漫畫，我還買了附有「在年輕人之間人氣沸騰！」等廣告詞的文庫書，以及一本或許有點刻意的書。那本書名叫《我離家出走的理由》，是一個在學生時期長期蹺家的女性所寫的隨筆。

即使跟沙優說「我買給妳」，她八成也會婉拒，就以「我自己想要」這個名目買下，放在家裡會比較理想吧。我是帶著這樣的念頭購物的，但書這種東西層層相疊之下，重量似乎會變得很可觀。出乎意料的重量，使得我汗水淋漓。

「這個呀……我現在才想到……」

而沙優手上的塑膠袋，裝滿了大量的食品。

『在家裡也能吃到稍微奢侈一點的東西不好嗎？』

開端是我輕率的提議，但就算問沙優她想吃什麼東西，她也依然含混帶過，所以我反過來列舉了自己想吃的食物。

一個個買下做那些菜餚的必要食材，就形成了這個份量。

「那種尺寸的冰箱，能夠全部放進去嗎……」

「……啊。」

我沒考慮到這點。

無意開伙的獨居男子家中的電冰箱，其尺寸可想而知。追根究柢，我家的格局本身就沒有那麼寬敞，因此無論要不要在家做飯，家電用品必然會是小尺寸的款式。

我慌忙打開冰箱看看，再和放在沙優身旁的塑膠袋比對了一下。

「……嗯，硬塞進去應該還可以。」

「啊哈哈，那我們就來塞進去吧。」

沙優咯咯笑著，把塑膠袋拿到冰箱旁邊來。

「那麼，能夠煮起來放的東西就趁今天做一做吧。你看，像是苦瓜雜炒之類的。如此一來也能集中在保鮮盒裡，騰出空間。」

沙優說著，同時俐落地把袋子裡的內容物放進冰箱中。看她的手法，感覺我不上不下地出手幫忙反倒會礙事，於是我決定速速撤退到起居室去。

我從擺在起居室的紙袋拿出漫畫和文庫書，平放在床鋪旁邊。因為我並不是平時就有在看書，所以這個家裡沒有書櫃。

「像漫畫和書本之類的啊——」

我以略大的音量說道，於是沙優暫且關上了冰箱門，看向我這裡。

「嗯？」

「白天妳有空的話，可以自己拿去看無妨。」

語畢，我遠遠地也看得見沙優的眼眸搖曳了一下。她微微低下視線，而後像是回想

起來似的浮現出笑容。

「嗯，有空的話我會去看的。」

「喔。啊，但我還沒看的地方妳可別爆雷喔。」

「我才不會啦。」

沙優嘻嘻笑著，之後再次將手伸進塑膠袋裡。我還以為她會就這麼重新開始把食材收進冰箱的工程，然而她把手伸進袋子後卻動也不動了。

「嗯，怎麼了？」

我對完全停下動作的沙優喊道。由於塑膠袋是放在走廊的方向，我看不見面對那兒的沙優臉上的表情。

「吉田先生你……為什麼那麼……」

話說到這裡，沙優便打住了。

「那麼？」

我很在意後續而開口詢問，結果沙優把臉朝向我這邊，傻氣地一笑。

「沒什麼，還是算了。」

「喂喂喂，這是怎樣？讓人很介意耶。」

「不，沒什麼事。你別放在心上。」

「妳啊……」

我正打算打破砂鍋問到底的時候，沙優便放聲「啊哈哈」一笑，再度打開了冰箱，接著開始移動袋子裡的食材。

總覺得滿肚子火都起來了。

並不是因為話題被她帶過。不，雖然那也有一點，然而我最難以釋懷的是那張「笑容」。

明明根本不有趣，那丫頭卻在笑。她帶著某種目的，驅使著笑容。

長大成人後，這種人要多少都看得到。無論是在商場或與人交際方面，笑容都是一個極為重要的要素。善於運用它絲毫不成問題，反倒是像我這種不善使用的大人，有很多事情會很辛苦。

只是，一個尚在就讀高中的女孩子做這種滑頭的事，令我莫名地不爽。

小孩子只要天真無邪地笑就好了。不想笑的時候，根本一丁點發笑的必要都沒有，不是嗎？

「妳不要硬逼自己笑啦。」

在深思熟慮之前，話語就說出口了。

沙優的動作戛然而止。

「妳想笑的時候再笑啦。我可沒有希望妳一天到晚都笑嘻嘻的。」

我接著說了下去，沙優便緩緩將臉龐轉向我這裡。她的臉上，浮現出不曉得該說是驚訝或困惑的神情。儘管我心中覺得「可能害她傷腦筋了」，但話語卻止不住。

「妳也差不多別再古古怪怪地顧慮我了。或許這兒不是妳家，但……」

總之，在沙優心中釐清某些思緒之前，她不會回到原本的棲身之處。而我也鐵定不會把她趕出去。

「最起碼這個地方妳可以待。只要妳遵守和我之間的約定，就能隨妳的意過活。所以……那個，別再露出那種敷衍般的笑容了。」

我把話說到最後，沙優的目光便稍微游移了一會兒，而後像是很困擾似的吐了一口氣鬆懈下來。接著，她小小地點了好幾次頭。

「嗯……嗯，對不起。」

沙優說完，直盯著我看。

「吉田先生。」

「幹嘛？」

「剛才呀，我……是想說『你為什麼那麼溫柔』。」

語畢，沙優略略揚起了嘴角，隨後立即嘆了口氣。

「可是，我想這種問題沒有意義，於是作罷了。」

「沒有意義是說？」

「吉田先生，倘若我問了你方才的問題，你有辦法回答我嗎？」

聽她以疑問回應我的疑問，令我語塞。

「不……歸根究柢，我從來不覺得自己很溫柔。」

「對吧。所以說呀……」

沙優說到這裡暫時停頓了下來，而後傻傻地一笑。

那張笑容和她的氛圍完全融為一體。沙優原本肯定是這樣子笑的吧。

「我想，你一定是毫無理由地那麼溫柔吧。所以問了也沒用。」

「不不不，才沒有那種事……」

「有啦。吉田先生，我至今從未遇見過像你這麼溫柔的人。」

沙優斬釘截鐵地如此斷定，之後快步走到我身邊來。接著，她坐在我的身旁。

「所以，既然你覺得不悅，那我就會改掉。」

「……改掉是指？」

我反問沙優，她便鼓著腮幫子戳了戳我的側腹。

「是你剛剛說的吧？你要我『別古古怪怪地顧慮你』，還有『別再露出那種敷衍般

的笑容』。」

「喔……」

「我會極力避免不要顧慮過頭，也會改掉含混帶過的笑容。這樣可以嗎……？」

沙優說完這番話，凝視著我的雙眼。由於我倆的身高差距，她稍稍抬起眼神望了過來，使我心跳加速。

「好，就拜託妳那麼做了。」

我別開目光同時回答，沙優就在我身旁生硬地點了個頭。

「不過……含混的笑容，八成……已經成了習慣，所以無法立刻……」

「沒關係，我明白。」

我頷首回應後，便感覺到沙優的視線直衝著我的側臉來。畢竟她能夠那樣一瞬間換上表情，不用想也知道她並非一朝一夕變成這樣的。

一定是因為有所必要，她一直以來才會那麼做吧。我對圍繞在她身旁的那些狀況本身，不斷湧現出怒火。

「習慣不是那麼輕易就能夠矯正的吧，慢慢來就行了。」

「……你果然很溫柔呢。」

「那個啊，先前我也說過了，妳別把基準放低啦……」

「不對，關於這點我很有信心。」

沙優打斷了我的話。接著她把自己的手疊在我的手上。

「容許別人並非那麼簡單的事。我想自己迄今為止，都沒有被其他人寬容到這種地步。吉田先生你……真的很溫柔。」

沙優這番話令我感受到莫名的份量。因此即使聽她說我很溫柔，令我抱有突兀感，我依然無言以對。

「嗯……我不是很會表達，但……」

沙優並未收回她的手，繼續把話說了下去。

「我一直都在想『不要給你添麻煩』。不過，當我借住在此的時間點，就已經是個天大的麻煩了，對吧。」

「哈哈，一點都沒錯。」

我從鼻子哼著氣，而後沙優也受到我的影響，跟著淺淺一笑。

「所以我也要改掉這個想法。今後……」

說到這裡，沙優緊緊握住了我的手。

「我的目標……就定為能夠讓你覺得『這丫頭來到這裡真是太好了』吧。」

這句話讓我不禁噗哧笑了出來。我的眼角餘光，映照著沙優在身旁嚇到的模樣。

「我……我說了什麼奇怪的話嗎？」

「呃，該說是奇怪嗎……」

我只是心想「這丫頭也挺貫徹始終的耶」。

明明只要更自我中心、更任性地活著就好啊。不知為何，她不做些什麼報答對方就不滿意的樣子。

「我在想，妳也挺溫柔的嘛。」

「咦，哪……哪裡溫柔……」

「不告訴妳。」

「這……這是怎樣呀！」

聽聞我的回覆，沙優誇張地鼓起了臉頰。感覺那副模樣很孩子氣，相當惹人憐愛。

我自然而然地流露出笑容，拍了拍沙優的肩膀。

「那麼，今後妳要更加把勁處理家務。期待妳做出美味的飯菜來。」

當我說完，沙優剎那間目瞪口呆之後，靦腆地笑了。

「嗯，你就心懷期待吧。」

沙優說著，而後傻笑了起來。她散發的柔和氛圍與年齡相符，感覺極為自然。

我希望她永遠維持這種表情。會那麼想，一定是我的私心吧。

然而，我無法不那麼想。

這是因為，沙優自然地笑開懷的神情，便是如此具有魅力。

第8話 三島柚葉

「三島！」

我出聲怒罵，隔壁的橋本肩膀就抖了一下，辦公室裡一瞬間鴉雀無聲，數名同事瞄向我這邊。

被叫到名字的當事人，則是緩緩回頭望著我，歪過了頭。

「什麼事——？」

「妳還問什麼事！」

我站起身走向三島的方向，看著我的同事便露出了像是在說「怎麼，又是平時的狀況嗎」的表情，開始回到自己的工作上頭。

我以咄咄逼人的氣勢，對呆滯的三島說道：

「我講過好幾次了，提交前要好好檢查過啦。」

「我檢查啦。」

「檢查後，系統要確實運作才能交件喔。」

「是呀。」

「是什麼是啊！妳寫的程式碼徹底錯誤，這樣子根本沒辦法當成商品銷售啦！」

直到我清楚明白地如此表示，三島似乎才終於發現自己犯了錯，正在被我逼問。

她驚訝地開口說：

「咦，真的嗎？那不是很糟糕嗎？」

「妳在事不關己什麼啊，這可是妳的問題啊！」

「該怎麼辦好呢？」

「妳給我在今天之內修改好。」

「今天之內沒有辦法啦。」

我的腦血管快要爆了。

人事部怎麼會錄取這種荒唐的傢伙啊？既沒有專業技能，也毫無責任感。坦白說，根本不像話。

「交期是明天，所以只有今天做了吧。要幫妳善後的人是我耶。」

我說完這段話，三島的眉毛便抽搐了一下。

「……如果不在今天之內做完，吉田前輩你會被開除嗎？」

「啊？再怎麼說也不會被開除啦。只不過……」

我將手抵在下巴上。

「或許會被公司從這個專案中撤換下來。同時，負責教育妳的人也會更換吧？」

能夠把三島的教育工作推給其他同事我可是熱烈歡迎，不過這件專案是我捲入了許多同事才起步的案件，我可不能半途被換掉。

「咦，你會不再負責我的教育工作嗎？」

「倘若妳無法在今天內修正完畢，事情可能就會變成那樣。」

聽聞我這番話的瞬間，一向鬆懈地掛著搪塞笑臉的三島，頓時一臉認真。

「那我馬上來改。」

「啊……喔……」

三島轉過身，回到自個兒的位子去。

平時總是悠哉地在辦公室裡移動的三島，快步回到了自己的座位上。

「那傢伙是怎樣啊……」

我原本以為，平常我都會對三島大發雷霆，所以不再由我負責教育反倒稱了她的心才對。

一告訴她教育人員可能會更換的瞬間，她便焦急成那樣。這是怎麼回事？

唉，如果她願意認真工作的話，那是再好也不過了。我納悶地歪過頭，同時也回到自己的位子。

「又有麻煩啦？」

「我替她打底的系統，整個變成了截然不同的東西。」

「三島她還真有一套耶。」

橋本事不關己地從旁調侃道。

嘴上如是說的橋本，看來也累積了我所交付的工作，以及原本就在自己手上的事項。只見他即使在對我說話，目光依然緊盯著電腦螢幕不放。

「不過，感覺三島她忽然很認真地開始工作了嘛。」

「真虧你能一邊做事，同時看到周遭那麼多狀況耶。」

「我是邊看著電腦，邊隱隱約約地把辦公室納入視野喔。如果有討厭的上司進來，我就能迅速去上廁所了。」

「你也太無懈可擊了。」

原來就只有我被上司逮到的時候他會不在場，是出於這樣的緣由啊。我也來練習一下，模模糊糊地把辦公室裡的狀況納入視線範圍吧。

我啟動程式開發工具，並再次看向三島。

若是平常的話，三島馬上就會開始轉起脖子或伸起懶腰，一副很不專心的樣子在處理工作，今天卻格外地認真。

「……說真的，那傢伙到底怎麼啦？」

我喃喃說道，而後也開始著手進行自己的工作。

願意認真工作是好事，但那傢伙根本沒有專業技能。

我得在某種程度上預設她所提交的東西派不上用場，然後先完成自己的工作才行。

我稍稍嘆了口氣，把手指頭擱在鍵盤上。

*

「嘿嘿，辛苦啦。」

「喔……」

在喧鬧不已的均一價居酒屋當中，三島拿著自己手上的玻璃杯輕碰我的杯子。

下班後，不知何故我和三島兩個人來喝酒了。

三島傾斜著裝有黑醋栗柳橙酒的杯子，喝了一口。我也嚥下了生啤酒。喉嚨一緊，有股爽快感直衝腦門的感覺。

「哎呀——能夠交件真是太好了呢。」

「是啊。」

我露出苦笑，再次大口喝了一口啤酒。

數小時前。

很驚人的，三島提交了一份完全沒有地方需要修正的檔案給我。

反正修正工作會搞到晚上，而且不會是正常的檔案——由於我完全不抱任何期盼在等待，所以我是瞪大了雙眼在看那份檔案。

多虧了三島迅速交付修正檔案，我也能夠專心在自己的工作上，今天也才能爽快地下班。

而後，三島忽然提議道：

「吉田前輩，一起去喝酒怎麼樣？」

想不到平日都被我罵個狗血淋頭的後進，會邀我去喝酒。

一瞬間擔心沙優晚餐的著落，但那丫頭八成會自己煮點什麼來吃吧。而且我也有放急用金在家裡。

嗯，偶爾一次也好吧。我點頭答應了後進的邀約。

「話說回來，既然妳只要集中精神就能做得那麼好的話，拜託妳平常就這樣啦。」

「耶……」

我對三島說完，才發現她嘴巴塞滿了烤雞肉。

「奴苟鼻常就很魯力的哇——」

「唉——唉——妳先吞下去再說話啦。」

三島連忙嚼起嘴裡的雞肉。

酒精一點一滴在體內流竄的飄然感令我十分舒暢的同時，我眺望著三島拚命咀嚼的模樣。

她那頭栗子色的髮絲幾乎快要碰到肩膀，髮尾還往內側捲了起來。而她的雙眼圓潤水亮，鼻子及嘴巴都小巧玲瓏。是所謂「可愛型」的女生。

她的容貌很受「大叔們」好評，在和上司的酒席中是會數度被提到名字的程度。她能夠進入這間公司，肯定是那副惹人憐愛的外表幫上了忙。

出乎意料地，當有好幾個專業技能旗鼓相當的應屆畢業生出現時，許多情況下似乎會看外貌錄取。公司裡那批大叔，應該也是希望眼睛能吃冰淇淋吧。

「怎……怎麼了？」

我茫茫然望著三島，只見她好像不知不覺間解決掉了口中的東西，一副很困擾似的左顧右盼，同時玩弄著髮梢。

「喔，抱歉抱歉。」

仔細想想，吃東西的時候被人家死盯著瞧，一定很坐立難安吧。

「沒有啦，我是在想說，如果妳工作能夠更出色的話，應該會很受歡迎吧。」

「咦，是這樣嗎？」

三島以有些口齒不清的嗓音說道。

「那間公司就是要不會做事才得人疼喔。」

「啥？」

我皺起臉龐來，三島則是開心地笑著。

「是真的，真的真的。會發自內心責罵我的人，就只有你了。」

「真的假的？其他大叔呢？他們一聲也不會吭嗎？」

聽到我詢問，三島便繃起了表情，發出莫名粗獷的聲音。

「他們會說『真沒辦法耶，就包在我身上吧』，臉上還掛著自以為帥氣的神情。」

「唔哇，那是誰啊？大叔真噁心耶。妳說說看，到底是哪個人？」

「……是小野坂部長。」

「唔哈！妙極了！」

我拍打著桌子，抖動著雙肩。

說到小野坂部長，他是個在我們同期之間被稱作「悶騷二次元條碼頭」的「風雲人物」。從前他工作用的電腦當機不動而橋本替他修好時，發現死當的原因是他連到「絕對能清槍！嚴選動畫整理」這個網頁時所感染的病毒，再牽扯到他頭髮的狀況，最後這個稱呼便固定下來了。

我曾經聽說過他好幾次調戲新進員工，看來三島也是其中一個被害人。

「原來如此，是條碼頭啊……」

「等等，叫他條碼頭就太可憐了啦。」

嘴上說是這麼說，不過三島也在嘻嘻笑著。

「所以換言之，我可以視為這是妳為了討上司歡心而隨便做事的自白嗎？」

我冷不防地正色說道，三島便愣了愣，搖頭否定。

「怎麼可能。那種事情根本不重要呀。」

「那不然是怎樣？既然妳願意做就辦得到，那拜託妳做啦。」

「對了對了，我剛剛想說呀——」

三島又傾斜著杯子，而後從鼻子呼了口氣。

「平常就很努力的人，遇上得更努力的時候，會怎麼做呢？」

「……嗯？」

我不太懂三島這番話的意思。

「就只有更努力了不是嗎？」

「若是必須更加倍拚命的話呢？」

「那就只有更拚命了吧。」

「啊哈哈，那樣會死掉的啦。」

三島揮了揮手，僅把烤雞肉串的大蔥拋進嘴裡。

「正因為鼻常很放宗——」

「就叫妳吞下去再講話啦！」

我半帶著笑意出言指摘，於是三島又慌慌張張地咬起大蔥來。

她使勁吞了下去後，呼一聲吐了口氣。

「正因為平常很放鬆，才能在必要時刻拿出真本事，不是嗎？」

「我們公司的進度隨時都在火燒屁股啊，妳有在工作的話就明白吧？雖然妳說什麼必要時刻，我們可是每天都那樣啊。」

「咦——才沒有那回事啦。」

三島哼了一聲，豎起食指。

「因為就算沒有我，工作依然在進行吧？」

「畢竟妳是新人啊。」

「嗯——雖然這是我的想法……」

三島聽聞我的話語瞇細了雙眼，臉上浮現出調皮的笑容。

「縱使沒有你在，工作多半也會繼續運作下去吧。」

「什……」

我試圖即刻反駁她，卻語塞了下來。

即使沒有我，工作也會持續運作嗎？這我倒是想都沒想過。

坦白說，我認為自己在職場上相當受到器重。我不但在五年內留下了許多業績，這幾年我所參與的專案，大多都有盈餘。

我自以為「要是沒有我，工作就運作不下去」，而我從未想像過相反的狀況。

「嘿嘿，但你要是真的不在的話，我想事情會很不妙就是了。」

「……嗯。」

「不過八成只是不妙，還是有辦法解決啦。」

三島自顧自地頷首接受，而後把話說了下去。

「因此就這層意義上，我認為需要有個人在一旁待命，以面對平常就很努力的人累倒的時候。」

「……那個人就是妳嗎？」

「對的喔～」

三島以右手做出了V字手勢，臉上堆滿了笑容。

見到這張絲毫沒有惡意的笑臉，我喟嘆一聲。

「就上司的立場，會希望妳能力所及就好好做啦……」

「今天我有好好做了吧？」

「嗯，是這樣沒錯。」

我露出苦笑，把杯中物一飲而盡。

我沒有在酒席間說教的意思。光知道她是個願意做就辦得到的人，那就非常好了。

「不過，吉田前輩你真的很溫柔耶。」

「啥？」

三島這句話令我皺起了臉來。

「我溫柔？」

「對呀。因為你願意好好地訓斥我嘛。」

語畢，三島直直地盯著我看。

「責罵一個講了也不會的人很累吧？」

「既然妳知道，就別讓我開口罵人啦。」

「一般呀，講了幾次都沒用的話，就會認為『唉唉，這傢伙沒救了』而立刻死心斷念喔。就算是對我很好的上司，也只是因為在追求受我喜歡這個『好處』，才會那麼做罷了。」

三島如此說了下去，身上籠罩的氛圍和平時嘻皮笑臉的態度大相逕庭。

那既像是超然，又好似冷漠。原來她也會露出這種神情啊。

「但你總是卯足全力在罵我。」

「那是因為妳當真是個不肯學習的傢伙啊。」

「嘿嘿，我會害羞啦。」

「我沒有在稱讚妳。」

三島笑了笑，把自己杯中的飲料喝光。

「啊，服務生～請給我們一樣的。」

三島擅自收走我的杯子，再加點了酒。

「妳還要喝啊？」

「你不喝嗎？」

「要喝的話我就陪妳。」

「嘿嘿，那就請你繼續陪我吧。」

這傢伙出乎意料地能喝耶。

看三島點了雞尾酒，我原以為她不太能喝，但看她以這個步調加點了第二杯，就是表示頗有自信的意思吧。

「啊——關於話題的後續……」

三島玩弄著髮絲，同時說道。

「呃……那個……就是那樣……」

只見她格外地忸忸怩怩。她突然是怎麼啦？尿急嗎？

我納悶地凝視著三島，於是她便將視線投向斜下方，還羞紅了臉頰。

「我的教育人員一定要吉田前輩你來當才行。」

「啊，是喔……」

為啥說到這裡會害羞？用那副羞赧的模樣跟我說，會害我也不知怎地跟著一起不好意思起來，真希望她別這樣。

「因此！只有在當真不妙的時候，我會加油的！」

「不，所以說拜託妳平時就好好努力啦！」

我放聲說道，三島則是開心地嘻嘻笑著。

我想像得到，今後這傢伙八成也不太會認真處理公事。

但……嗯，話雖如此——

三島喝了口店員所拿來的續杯酒，我悄悄瞟向她。

比起在渾然不覺的情況下焦躁不已，多少對這傢伙有所了解，說不定是件好事。

我自個兒放鬆了嘴角，大口喝著還殘留泡沫的嶄新啤酒。

「啊，話說回來——」

三島開口說。

「吉田前輩，你最近每天都有刮鬍子呢。」

「啊？那又怎麼樣？」

「沒啦，我是在想你是不是交女朋友了。」

「啥……？」

我皺起眉頭，而後三島左右揮了揮手，並補充道：

「不不不，畢竟先前你都大概三天才刮一次對吧?近來卻忽然開始每天刮了。我想說你是否交到女朋友，開始會在意那種事情了。」

「妳有那麼注意我的鬍子喔？」

我一問之後，三島的臉龐便急速漲紅了起來。

「才……才沒有啦！講得人家像是戀鬍癖一樣！」

「呃，我並沒有說到那種地步吧。」

「只是我平常老挨你罵，不禁總是看向嘴巴罷了！我絲毫沒有奇怪的想法！」

「對鬍子的奇怪想法是什麼東西啊？」

這傢伙果然是戀鬍癖吧？

我哼了一聲，答道：

「我才沒有女朋友咧。畢竟我才剛被甩掉啊。」

接著，三島愣愣地半張著嘴。

那啥表情啊？

「咦，你被甩了？對象是誰？」

「是後藤小姐啦，後藤小姐。」

「居然是後藤小姐嗎！」

三島格外大嗓門地喊道。

隔壁位子的兩名上班族覷向三島。她也發現了那兩道目光，於是清了清喉嚨。

「……原來你喜歡那種的嗎？」

「不行嗎？」

「你中意那種前凸後翹楊柳腰嗎？」

「對啊。」

「哇……」

三島瞇細雙眼，露出一臉難色。我的喜好和妳無關吧？

「但你被甩掉了呢。別放在心上。」

「吵死了，我不要妳廉價的同情。」

「不不不，我可沒有在同情你喔。」

三島的表情，由苦澀一轉成為燦笑。

「我反倒覺得太幸運了！」

「啥？」

我反問回去，三島便大口喝乾了杯子裡頭的雞尾酒，藉以蒙混過去。

「服務生——」

「呃，妳也喝太快了吧。」

「我還要繼續喝喔。」

「啊，是喔……」

既然我都開口說要陪她了，總不能只有我在此不喝。

傷腦筋，我的錢包裡有放錢吧？我嘆了口氣，也加快腳步傾倒著啤酒杯。

聽三島說「女朋友」的時候，我的腦中稍稍浮現出了沙優的樣貌。
我之所以會刮鬍子，都是因為那丫頭開口的關係嘛。
我茫茫然地想著這種事，可是喝了啤酒後隨即忘掉了。

*

「超晚的——」
躺在被褥上的沙優呻吟道。
「呃，是我不好啦。」
「人家都煮了晚餐耶——」
「抱歉啦。」
我只能一個勁兒地道歉。
我回到家後，只見沙優的心情非常之差。
三島是個酒國英雌。

結果，她在店裡待到滿意為止，居然以同樣的速度持續喝了兩小時以上。
最後我跟不上三島的步調，半途開始便徹底專心處理她所剩下來的下酒菜。
於是，照理說我應該是準時下班才對，到家的時候卻已經超過晚上十點了。

沙優僅抬起了頭，望著跪坐的我。
「……是女人嗎？」
「……嗯，基本上是女人沒錯。」
若要補充的話，就是個上班不做事的後進。
明明是沙優自己開口問的，聽聞我的答案她卻霎時間愣了一下，之後用力地從鼻孔噴了口氣。
「呿，比起我的晚餐，你選擇了和女孩子吃外食是吧。」
「是我不對啦，真的。」
「和女孩子喝酒開心嗎！」
這丫頭麻煩死了！
然而，我可不能把這句話說出口。我讓她做了晚飯是事實。
我傷腦筋地緘默不語，於是沙優的身子不住地輕微抖動著。

我想說發生什麼事而窺探過去，發現沙優按著嘴巴。

「呵……呵呵……」

看來她是在耍著我玩。

沙優一副相當有趣似的憋笑著。

「啊哈哈，啊——真有意思。我沒有在生氣啦。」

「這是怎樣……別尋我開心啦。」

「呃，因為你只會說『是我不好啦』、『抱歉啦』，很有趣嘛。」

沙優咯咯笑著，同時坐起身子。

「不過，你要確實在明天早上吃掉喔。」

「嗯，我會的。」

她傻氣地一笑，再次倒在被褥上。

「但你今天不怎麼醉呢，吉田先生。」

「明天還要上班，我沒有喝到會醉醺醺的量啦。」

「可是你和我相遇的那天，醉成一灘爛泥了嘛。」

「那是……我失戀之後，而且隔天我請了特休啦。」

我掛著苦澀表情說著，於是沙優嘻嘻笑了起來。

「原來你有那麼喜歡她呀。」

「……是啊。」

我頷首回應，而後沙優便竊笑著開口問道：

「你喜歡她哪一點呢？」

哪一點……

率先浮現在我腦中的是——

「胸部吧。」

「你還真是個老實的傢伙！」

沙優再度咯咯發笑。

這丫頭是在笑什麼啊？我可是相當正經的耶。

無論是沙優或三島，我真的很不擅長應付不讓我掌握對話節奏的女人。

第9話 手機

「喂。」

我冰冷目光的去處是三島。

「啊，吉田前輩。要一塊兒吃午餐嗎？」

「不是啦，笨蛋。妳一天不捅出一個婁子就不滿意是不是？」

聽我一問，三島就歪過了頭。

那副明顯就是在裝傻的態度令我怒氣直衝腦門。我已經知道，妳是個技術到家卻會偷懶的人了喔。

「妳現在馬上給我改。」

「要……要改哪裡呢？」

「用不著我說妳也明白吧？嗯？」

我冒著青筋逼問三島，她便慌慌張張地環顧四下。接著，她的嘴巴悄悄靠近我耳朵之後，低聲說道：

「昨天我也說過了不是嗎？我會適度地放鬆……」

由於三島在說些天真的話，因此我伸手環抱她的肩膀，倏地把臉靠過去。

如此一來，周遭也就聽不太到我的聲音了。

「聽好了，昨天因為是在酒席上所以我隻字不提，但我可沒有肯定妳的做法喔。妳可別誤會了。」

「怎麼這樣！那我會被逼著俐落地工作嗎？」

「那是當然的吧。除了妳之外，大家都是手腳俐落地在做事喔。」

「嗯……」

三島露骨地掛著一副厭煩的表情。

我忽地抬起視線，於是便和桌子在遠處的後藤小姐四目相對了。我們紮紮實實地望見了彼此。

我連忙鬆開搭著三島肩膀的手，輕咳了兩聲。

「總之，妳給我在午休之前改好。」

「咦，距離午休只剩不到一個小時了耶。」

面對頂嘴的三島，我給了她一個燦爛的微笑。

「給我動手做。」

「嗚嗚嗚……」

我知道她辦得到，既然如此就會叫她做。至少要讓她工作到本人不會累倒的程度，不然我也會很困擾。

我無視於不情不願地著手開工的三島，打算回自己的位子上去。

然而……

「吉田！可以來一下嗎？」

遠處的座位傳來了聲音。

我嚇了一跳回頭望去，發現聲音的主人是後藤小姐。

「叫我嗎？」

我指著自己歪過頭去，後藤小姐便點了點頭，並對我招手。

咦，是什麼事來著？我闖了什麼禍嗎？

我的冷汗冒了出來。

除了最近才被後藤小姐甩掉這種精神層面的尷尬情緒之外，也是單純因為她是我的上司。

近期還兼任人事工作的後藤小姐不太會插嘴管我的工作了，但忽然被上司叫過去，還是會讓人冷汗涔涔。

我流著緊張的汗水走到後藤小姐的位子去，於是她便嫣然微笑，敲響著自己的電腦鍵盤。

而後她指著電腦螢幕，再度淺淺一笑。是要我看畫面的意思嗎？

我如此解讀她的動作，戰戰兢兢地窺視螢幕。

『明天下班後你有空嗎？』

啟動的Word檔上頭這麼寫著。

「咦，明天嗎？」

我如此開口詢問，後藤小姐便「噓」一聲把食指豎在嘴巴前面。

「之後再聯絡我。」

後藤小姐小小聲地說完這句話後，就若無其事地重新面對自己的電腦了。

怎麼，這是什麼意思？感覺也不像是「稍微去喝個兩杯吧！」的氣氛。

是約會？不，甩掉自己的對象突然邀我去約會，根本莫名其妙。

我杵在原地尋思著，後藤小姐便側目看了我一眼。

「你可以回去嘍。」

「啊，好的。我不打擾了！」

她的言下之意是要我趕快回去。我轉過身子，朝自己的位子而去。

總之，看來明天下班後必須和後藤小姐出去一趟了。

感覺好似令人開心，又好像沒有，心情變得很微妙。

回到位子的途中，忽然感受到一股視線而環顧著辦公室的我，和三島四目相交了。

她慌張失措地別開目光，刻意地敲響著鍵盤。

妳不要看熱鬧，趕快給我工作啦——儘管我在心中如此咒罵，思緒卻隨即被後藤小姐給支配了。

說真的，她到底要找我出去幹嘛？我一顆心七上八下的。

＊

「哇，後藤小姐邀你去吃飯呀。」

戳著自己煮的馬鈴薯燉肉，沙優眨著眼睛說道。

下班後，我在搖搖晃晃的電車裡，傳送確認的郵件給後藤小姐之後——

『剛才真抱歉喔。明天下班要不要一塊兒吃個晚飯呢？』

她回了這樣的內容給我。

「這樣很好不是嗎？」

「一點都不好……這是怎樣，飯局的主題是什麼啊？」

「只是稀鬆平常的晚餐邀約吧？」

「不對不對！背後絕對有什麼隱情。」

聽我說完，沙優「咦——」了一聲，掛著搪塞的笑容帶過。

小孩子可能不明白，不過社會人士的「晚餐」和「酒會」，可是蘊含了各種不同的意義。

譬如說，雲淡風輕地被告知內定升遷的消息，又或是正好相反。

剛進公司的時候，上司還有在酒館委婉地勸誡我說「那樣做實在很糟糕呢」。

受到上司邀約一同進餐，如果不是交情相當推心置腹的對象，無論如何都會讓人忍不住緊張。

「好了好了，你趕快吃馬鈴薯燉肉吧。都要涼掉了。」

「喔……我要開動了。」

我聽從沙優所言，動筷取用才剛剛做好，仍冒著熱氣的馬鈴薯燉肉。我以筷子夾了一塊染上小麥色的鬆軟馬鈴薯，放入嘴裡。

「啊，真好吃。」

「真的嗎？太好了。」

沙優滿意地點點頭，自己也夾了一塊馬鈴薯拋入口中。

「嗯──真好粗（吃）。」

「妳挺會做菜的耶。」

聽我一說，沙優便放鬆地露出害臊笑容。

「你可以再多稱讚我一點喔。」

「嘿，日本第一。」

「還真是隨便耶！」

沙優咯咯笑著，把白飯和肉一道放入嘴裡。

話說回來，沙優做的餐點當真很美味。可以想見她待在家裡時，八成也有下廚吧。

……烹飪是父母親傳授給她的嗎？想到這裡，我猛地搖了搖頭。別去思考一些想了也沒用的事吧。

「怎麼啦？」

「不，沒事。」

沙優歪頭不解，但我卻是若無其事地把白米塞入口中。

她也並不怎麼介意，大嚼特嚼用著餐點。

「然後呢？你要去嗎？」

「嗯？」

「和後藤小姐吃飯。」

沙優停下筷子，直勾勾地凝視著我。

我頷首回應：

「這種狀況根本無從拒絕啊。」

「為何？因為你喜歡她嗎？」

「因為她是我的上司。」

聽聞我的話語，沙優一副無法接受似的撇下了嘴。

「其實是因為你喜歡人家吧？」

「就說不是了啦。」

「所以你不喜歡人家嗎？」

「這……兩件事不能混為一談。」

我含混帶過，沙優便哼了一聲。

「說了這麼多，你還是喜歡人家嘛。」

「……哪有辦法這麼輕易地想開啦。我可是愛慕了人家五年耶。」

我胸口有些苦悶地這麼說，沙優便露出了「糟糕」的表情，從我身上別開眼神。

「抱歉。」

「不會，妳別在意。把我當成一個悽慘的大叔就行了。」

「不。」

沙優搖了搖頭。

「吉田先生，你很帥氣喔。假如後藤小姐沒有男朋友，我想她一定會答應你的。」

「哈哈，安慰我也沒用啦。」

「是真的嘛。」

沙優愈是出言替我緩頰，我就顯得愈來愈悲慘。

我發出尷尬的笑聲。

「唉，總之明天我會過去。既然是上司──何況還是後藤小姐的邀約，我可沒辦法拒絕。」

「我知道了。那不用準備你的晚餐了，對吧？」

沙優點點頭，向我詢問道。

對喔，昨天因為和三島喝酒的關係，害她白做了一頓晚飯。她是在問我是否要接受後藤小姐明天的邀約，兼確認我需不需要在家吃晚飯吧。

我了然於心地頷首回覆。

「嗯，不用。」

「好。」

說到這裡，我心中忽然有個想法。

「對了，妳沒有手機嗎？」

「啊，手機呀……」

沙優苦笑著搖頭否定。

「沒有。」

這實在是令人驚訝。

現在這個時代，即使是小學生也有智慧型手機。我萬萬沒料到，青春年華的ＪＫ居然會沒帶手機在身上。

「妳是放在老家了嗎？」

聽了我的問題，沙優再次搖了搖頭。

「當我待在千葉那一帶的時候，朋友……應該說我還住在北海道時的同學，實在是過度糾纏不休地打電話來，所以——」

沙優嘿嘿發笑，試圖糊弄過去。

「我丟到海裡去了。」

「喂，別把垃圾海拋啊。」

真是過分的人耶。不但行動果斷過頭，丟到海裡也讓人無法苟同。

「之後妳就一直沒辦手機嗎？」

「嗯。」

「真的假的……」

「出乎意料地不怎麼傷腦筋喔。」

嗯，的確是。倘若要清算掉過去的人際關係，這東西對她而言或許已經沒必要了。

「怎麼這麼問？」

沙優偏過頭，表示「怎麼會問這種事情」。

「呃，像是我突然確定沒有辦法回家時，要是聯絡不到妳，搞不好又會害妳白白做一頓晚飯啊。」

「啊，原來如此……」

沙優恍然大悟地頷首，之後立刻略顯靦腆地視線游移不定。

「幹嘛？」

「不，那個……」

沙優支支吾吾地小聲說道：

「感覺我們的對話，好像新婚夫妻一樣……」

「啥……？」

「我……我開玩笑的啦！你的表情不要那麼可怕。」

我卯足全力皺起了臉龐，沙優便慌慌張張地把手舉在身子前面，左右揮個不停。

「不過，就算我煮了，你早上才吃也可以呀。」

「不，有支手機各方面都會比較方便吧？」

沙優拚命搖頭，否定我這番話。

「不要、不要！我真的不要！」

「別客氣啦。」

「不，不需要也是原因之一，重點是我自己一個人八成無法簽約啦。」

聽她這麼一說，的確也是。

記得好像有一條規定，高中生得偕同父母才能夠辦手機合約。只不過，在我念高中的時候根本沒拿手機，所以這部分我也不清楚就是了。

「但妳總會想要某種聯絡方式吧。」

我喃喃說道，可是沙優卻堅持不肯點頭。

「不要緊、不要緊！」

她客氣的習慣又跑出來了。

我側眼望向沙優，發出苦笑。

傷腦筋的不僅是她，還有我啊。

在家裡寄宿著一個女高中生這種狀況，外頭完全無法聯絡上坦白說讓我感到不安。

我正好希望有個聯絡方式，能夠在出什麼事情的時候藉以聯繫。

手機嗎？

能不能想個辦法弄到手呢？

這天，我在漠然心想的同時進入了夢鄉。

＊

「咦，這樣的話，只要你很正常地申辦第二支手機，再交給沙優不就好了嗎？」

「啊，對喔。」

隔天上班前我找橋本商量，於是輕輕鬆鬆地獲得了解決的辦法。

對耶，只要用我的名字簽約就好了嗎？真是個徹頭徹尾的盲點。

「那麼，下次休假我再去買吧。」

我喃喃低語後，打開了工作用的電腦。

嗯，關於手機的事情，就之後再慢慢思考吧。

首先得度過今晚才行。

後藤小姐尚未進公司，我死命瞪著她的座位瞧，後背流下了黏膩的汗水。

第10話
後藤愛依梨

「咦，你要和後藤小姐吃飯嗎？」

「是啊……」

我點點頭，三島便把筷子上夾著的烤鮭魚掉到了盤子上。

「啊……」

「咚」的一聲似乎令三島回過了神，她再次夾起了烤鮭魚。

三島正在吃的，是方才她表示「這個我很喜歡呢」而在員工餐廳所點的鮭魚套餐。菜色有烤鮭魚、炒青菜、湯品和小盤醃菜還有白飯，是個簡單又有抓到重點的菜單。

相對的，我則是點了「中式拉麵」來吃。當我端到位子上吸了一口時，麵條已經有點泡爛了，不怎麼好吃。

「咦……咦，那是你主動邀約的嗎？」

三島揮動著筷子問道。

「不，是後藤小姐約的。」

「咦咦咦……莫名其妙！」

三島咬了一口鮭魚，而後——

「莫名其妙啦！」

又再說了一次。

我鼻子哼了一聲，搖頭回應。

「我也搞不清楚什麼狀況。」

「搞不清楚你還要去嗎！」

「上司找吃飯，哪有人會拒絕啦。」

「我會很平常地拒絕掉喔。」

我吸了一口麵。

「因為是妳，才會被容許啊。」

「這什麼意思？」

只見三島嘟起了嘴，但我並沒有答覆，而是再次吃了一口中式拉麵。

我沒有必要特地對她說「因為妳是個容貌俏麗又得到上司歡心的女性社員，所以才會被容許做出這種事情」吧。

三島皺起眉頭，把最後一塊烤鮭魚拋入口中。

「那貼定素陷阱啦。」

「妳別邊吃邊講話啦，認真的。」

年輕女子不該做這種事情。

前幾天的酒席中我也有這麼想，看來這傢伙活到這把年紀，沒有被人提醒過咀嚼時不要說話。一般來說會是父母親出言叮嚀吧？縱使不是父母，像是要好的朋友之類，我想也會告訴她才對啊。

最近的年輕人都不介意這種事情嗎？搞不懂。

三島吞下了口中的食物，而後說：

「那鐵定是陷阱啦。」

「什麼陷阱啊？」

「你受騙了，最好不要去比較妥當。」

「騙我要幹嘛？」

聽聞我這句話，三島發出「嗚」的一聲，游移著視線尋找巧妙的話語回應。

這傢伙只是在隨口說說是吧。

「總……總之……」

三島倏地用筷子指著我，又說了一次。

「你絕對不要去比較妥當啦。」

「別拿筷子指著別人啊。」

她整個用餐禮儀都很糟糕。

*

「吉田，你來烤你來烤。」

「啊，好的。」

「小野坂部長有說過『吉田是烤肉負責人～』喔。」

「哈哈……」

那個大叔，竟然說出這種自私的話。

那只是因為小野坂部長淨是顧著和新進的女生聊天不烤肉，我被迫獨自烤個不停罷了。我帶著苦笑，把盛裝在雪白盤子上的「蔥花鹽豬五花」一片片放在網子上。

後藤小姐坐在我對面的位子上。

「啊——好香好香！」

「是啊……」

我總感覺沒辦法好好談話。

滿腦子都在掛心「她為什麼今天要邀請我吃晚飯」一事。

「那個已經可以吃了喔。」

「啊，真的？那我就拿嘍。」

後藤小姐笑咪咪地把肉移到小碟子裡。

而後，大口咬下豬五花。細長的五花肉無法一口吃掉，後藤小姐咀嚼的時候試圖咬斷一半的肉片。因為她是利用前排牙齒去咬，嘴唇因此嘟了起來，感覺莫名性感。

……不好不好，不該直愣愣盯著別人吃東西的樣子。

我連忙將目光從後藤小姐身上挪開，再把烤得恰到好處的豬五花移到自己的小碟子裡。沾上醬汁後，我一口便把肉給吃了。當我利用臼齒咬下肉塊後，肉汁便滿溢在我的嘴裡。

「……嗯嗯。」

明明是場尷尬的晚餐，肉卻是依然一樣美味。

這麼說來，沙優鮮少會做份量十足的肉類餐點呢。雞肉在前些日子和三島去居酒屋時已經吃膩了，豬肉倒是很久沒吃了。我緩緩地咀嚼著感覺格外美味的豬肉。

我忽地抬起視線，於是和直勾勾地凝望我的後藤小姐對上了眼。我的心跳重重地漏了一拍。

「你會一口吃掉呀。」

「咦，這樣不太好嗎？」

「不，我只是想說『你果然是個男人呢』。」

語畢，後藤小姐淺淺一笑。

……唉唉，她一舉一動都很撩人耶。拜託饒了我吧。

「呃，我自然是個男人啊。」

我說出這句明顯不成回應的話語，接著又塞了一片肉在嘴裡藉以掩飾羞怯。

什麼「自然是個男人啊」，這種事情看就知道了吧。

或許接觸炭火的熱氣也是原因之一，我感到自己臉龐的溫度升高了。

「感覺你好像很緊張？」

後藤小姐稍微低著頭窺探我的表情，略略揚起的目光朝向我而來。

我帶著苦笑回答：

「我當然會緊張啦。」

「為什麼？」

「這……甩掉自己的人突然邀我用餐，會讓人心想發生什麼事了不是嗎？」

「啊哈哈，是那個意思？」

後藤小姐逗趣地顫抖雙肩笑著，而後大口咬下五花肉。

我又再次悄悄從她身上別開目光。不可以去看那副模樣。

一個弄不好，我的小老弟會揭竿而起。

「那麼，我們來彼此提問緩和緊張，怎麼樣？」

吞下肉片後，後藤小姐說。

「彼此提問？」

「沒錯，我們問彼此三個問題。一旦被問到，就一定要回答。如何？」

「……問什麼都行嗎？」

我如此詢問，後藤小姐便「呵呵」哼笑了兩聲。

「你打算問些什麼呢？」

我覺得她真是狡詐。這個人明明看穿了我想問她什麼事，卻不主動提起。說到底都打算讓我問出口。

我很不喜歡她這樣的地方，與此同時，她映照在我的眼中又極具魅力。

當我窮於答覆時，後藤小姐嘻嘻笑著，而後輕輕揮動筷子。

「你要問什麼都可以喔……多少有點色色的事也行。」

「不，那種事情我並不……」

我搖頭回應。

這是騙人的。我超想問她的。妳那對雙峰是什麼罩杯呢？

「那麼，首先是第一個問題！請問！」

後藤小姐開心地說著，並凝視著我的雙眼。

我稍微煩惱了一下。

坦白說，我現在最想問的事情是「妳為什麼要約我吃晚飯」。我當場就想問個清楚。可是，害怕聽到答案的情緒，也和那個想法同樣強烈。

我沒有勇氣打從一開始就直搗黃龍。

「……為什麼要來吃燒烤呢？」

「咦，這是怎樣？你只能提三個問題喔。」

「沒關係，請妳回答我。」

提議要吃燒烤的人是後藤小姐。

老實說我嚇了一跳。我實在不覺得，她是個邀請男人共進晚餐時，會提議去吃燒烤的類型。

我忍不住猜想，邀約吃燒烤這件事本身，可能就帶有某種意義。

「因為對象是你嘛。」

後藤小姐若無其事地如此答道。

我一瞬間目瞪口呆，隨即反問：

「因為是我？」

「對，因為是你。」

「這啥意思？」

「啊，服務生。麻煩來一份牛心。」

後藤小姐打斷我的提問，向路過的店員點了肉。

「你呢？」

「啊，那我要鹽味牛舌。」

「牛心和鹽味牛舌。啊，另外再請你拿兩杯啤酒來。」

後藤小姐掛著笑容向店員告知，對方便說了句：「好的。」同時操作手持點餐機，還瞟了一眼她的胸部。我懂，就是會忍不住去看嘛。

「所以，我們聊到哪兒了？」

「喔……妳說『因為對象是我』。」

「對對對！因為對象是你。」

後藤小姐「嗯嗯嗯」地點點頭，拿起自己眼前的啤酒杯，大口喝著還剩下一半左右的酒。

我愣愣地眺望著她的模樣。喝得還真豪邁。

數秒後，後藤小姐喝光了啤酒，「噗哈」一聲吐了口氣。這副樣子看起來總覺得有背德感，於是我慌慌張張地別開眼神。

「怎麼樣？」

「咦？」

「我一口氣把半杯喝光光了。」

「喝得還真是豪氣干雲呢。」

我歪過頭如是說，後藤小姐便咯咯笑出聲來。

「就是這種地方，你就是這點好呀。」

「……呃？」

我不懂她的話中之意而露出苦笑，於是後藤小姐揮了揮手說：

「像是在同期或上司面前，我沒有辦法主動率先吃烤肉或喝啤酒。因為大家都在要求我『賢淑端莊』嘛。」

「喔……是那個意思……」

原來如此，是這麼回事——我理解了。

的確，她的外表看來相當成熟，在上司之間——理所當然地——非常受到歡迎。說穿了，大夥兒都以下流的目光在看她。

我隱隱約約可以明白，氣氛不容許這樣的她主動說出「烤肉」啦「啤酒」啦，這些感覺是大叔才會做的提議。

「所以，為什麼在我面前就ＯＫ呢？」

「因為你不會被這樣嚇到退避三舍呀。」

「嗯，畢竟烤肉和啤酒都很美味嘛。」

「呵呵。就算我吃著豬排咖哩，你也絲毫不在意。」

後藤小姐瞇起了雙眼，搖晃著肩膀一笑。

而後，她撐著臉頰看向我。

「所以，我只有和你會去吃燒烤喔。」

「哈哈，我可以感到開心嗎？」

「嗯——不曉得耶。或許有點微妙，呵呵。」

由後藤小姐的鼻子所發出的，是稍微帶了點鼻音的笑聲。

這莫名撥動著我的心弦。打從五年前開始，我就一直贏不過這張笑容。

「那接下來呢？第二個問題。」

後藤小姐依然撐著臉頰，對我催促道。她的目光略顯上揚，好似在測試我一般。彷

佛像是在挑釁我說：怎麼，你還不問嗎？

我輕輕吐了口氣。

「今天妳為什麼會約我呢？」

我清楚明白地詢問她。

「妳應該有什麼事情對吧？」

我回望她的雙眼如此問道，於是後藤小姐緩緩揚起了嘴角。

從容不迫的態度，簡直就像在說「我等你這個問題很久了」。

真的就是這種地方——我用力咬緊了牙關。

讓我覺得不擅長應付這個女人。然而，我卻是如此地受她吸引。即使是現在，我的心跳依然快如擂鼓，劇烈地跳動不已。

好希望早點得到答案。

「這個呀——」

後藤小姐緩緩開了口。

她伸出食指對著我。

同時嫣然微笑著——

「吉田，你果然有女朋友了吧？」

她如此說道。

分外肯定的口吻，讓我瞬間呆若木雞。

我好不容易才左右甩著頭，表達否定之意。

「不，真的沒有啦。」

「騙人，我無法相信你。」

「為什麼啊！」

聽到我反問，後藤小姐很罕見地目光游移，像是無言以對似的。

接著，她以小了些許的音量說：

「因……因為很不尋常嘛。」

「不尋常是說？」

後藤小姐放下筷子，不知為何稍微駝起了背，繼續說了下去。

「我可是看了你五年喔。五年來完全不在意加班，一——直熱衷於工作的你，忽然……忽然間喔，變得想準時下班回去。」

「所以說，那是……」

「因為想睡飽一點？這哪有辦法取信於人呀。如果你是個會因這種理由而準時回家的人，早在很久之前就會那麼做了。」

我語塞了下來。

從前遭到後藤小姐逼問之際，我之所以會說出「想確保睡眠時間」這番話，是為了蒙混過沙優的事情而隨口胡謅的。被她這麼一說，我確實啞口無言。

「然後……近來你和三島格外親密不是嗎？」

「……什麼？」

「她也是個幾乎每天都會準時回去的孩子，而且看也曉得她非常黏你，你們先前不是還一塊兒下班嗎？所以我才在猜想說——」

「請……請妳等一下。」

我感覺到狀況明顯朝著奇怪的方向發展了，於是硬生生打斷了她的話語。

「妳……妳該不會……」

「什麼？」

「以為我和三島……正在交往吧？」

「不是嗎？」

「當然不是啦！」

我反倒不太明白，她怎麼會那麼想。不，理由她方才連珠砲似的說了一大堆，但我總覺得全都不太對勁。

三島很黏我？不，才沒那回事。

還有，一塊兒下班八成是指先前我倆單獨去喝酒時的事情，可是真的就只有那一次而已。我和三島之間的關係，看起來有親密到才一次就會讓人如此胡亂猜想嗎？

「沒關係，你不用掩飾。我不會對別人說的。」

「不不不，真的沒有嘛。」

「……真……真的嗎？」

後藤小姐一副戰戰兢兢的模樣反問道。

「千真萬確……妳忘了我才剛跟妳告白過嗎？」

我一說完，後藤小姐微微紅著臉，輕咳了兩聲。

「我怎麼可能會忘……可是，這樣……畢竟我姑且拒絕了嘛。之後不論你跟誰怎麼樣，也都不奇怪……」

今天的後藤小姐當真很不尋常，舉止莫名地可疑。而且和方才游刃有餘的態度截然不同，她現在讓我覺得好像在應付比我小的女孩一樣。

「那個……」

我喝了口啤酒之後，發出略微強硬的聲音。

「什……什麼事？」

後藤小姐驚慌失措地看向我。

我可不希望一直遭人誤會，所以我決定要說清楚講明白。

「我……這五年都在惦記著妳。」

「咦？」

「自從進公司之後到現在，我一直愛慕著妳。我是認真向妳告白的。所以，如果妳認為我會因為被甩就馬上找下一個對象，會讓我有些遺憾。」

我筆直看向後藤小姐的雙眼這麼說道，於是她轉瞬間漲紅了臉，猛力左右搖頭。

「不對，不是那樣的！我並非覺得你是那種不誠實的人，只是……」

後藤小姐說到這兒暫且停頓了下來，而後更是縮起了原本就稍微駝起的背脊，低聲喃喃道：

「我想說是不是比起我，年輕女孩比較好這樣……」

「唉……」

我不禁嘆了口氣。

「……如今我仍然喜歡著妳喔。」

因為沒完沒了，我決定把話說清楚了。不曉得是否曾一度被甩過，我並不太覺得有什麼好害臊的。

「老實講，其他女人我根本不放在眼裡……妳對我而言，就是如此特別。」

這番話實在令我難為情，我是略低著頭這麼說的。

這份感情可是放了五年啊。

就算被傾心了五年的對象甩掉一次，我也不可能那麼輕易就死心。

過了幾秒鐘之後，發現後藤小姐仍然緘默不語，於是我抬起頭來，看見了眼前的她臉龐紅到一望便知。

「怎麼了嗎？」

「啊……不……沒有……」

後藤小姐像是回過了神似的左右搖頭，接著喝起啤酒，藉以蒙混帶過。

「那……那麼，你和三島之間真的沒什麼嗎？」

「沒有啦。」

與其說這個——

先前困惑於她沒頭沒腦的問題，我並未對重點抱持疑惑，可是一旦冷靜下來後，就有一個疑問不斷湧上心頭來了。

「妳怎麼會在意這種事情？」

「呃？」

後藤小姐的動作戛然而止。

「因為是妳甩掉的對象啊。說難聽一點，一個不喜歡的男人無論之後要和誰交往，我想都不關妳的事耶。」

「不，這個……」

後藤小姐一瞬間露出了不知所措的表情，隨即像是回想起來似的拿筷子夾起眼前的肉，大嚼特嚼。

我反射性地別開了眼神。

當後藤小姐咀嚼完畢，我把視線移回她身上後，她便用鼻子哼了一聲說：

「一個表明喜歡自己的男生馬上被其他年輕女孩搶走，會讓人有點火大不是嗎？」

「是……是這麼回事嗎……」

「就是這麼回事。」

後藤小姐斷定道，而後大口喝著啤酒。

今天的後藤小姐果然令我百思不解。然而，她的個性就是自己不想說的事情會絕口不提。都認識了五年，即使不願意也會明白。

「唉，總之，我和三島是清白的，而我也沒有女朋友。」

我認為繼續針對這件事情討論下去也是白費工夫，於是再次斬釘截鐵地說道。

在喜歡的女人面前說什麼「沒有女朋友」感覺莫名屈辱。我並非在氣任何人，只是有點火上心頭。

「這樣……若是如此，那就好了。」

後藤小姐再度清了清喉嚨後，才像是終於找回了平時的冷靜般說出這句話，而後點了點頭。

「咦？」

「咦？」

「就這樣嗎？」

「就這樣的意思是？」

後藤小姐對我的提問偏過頭，感到納悶不解。想歪過頭的人是我啦。

「今天妳約我吃晚餐，就是想問這件事嗎？」

我再次重新詢問，於是後藤小姐錯愕地點頭回應。

「是這樣沒錯……」

「……真的假的啊？」

我渾身無力地吐了口氣，靠在椅子上。

「我還以為是……更重要的事情。」

「這也很重要呀！」

由於她的語氣強硬，我嚇了一跳。

「為什麼這種事會很重要啊？」

我一問完，後藤小姐瞬間露出大驚失色的表情，不過隨即輕咳了一聲，忽然疾言厲色地斷言道：

「那是祕密。」

「喔……是祕密啊。」

雖然我完全無法接受，可是面對打定主意絕口不提的對象，不管問什麼都沒用吧。

我打消了念頭，把盤子裡剩下的肉放在炭烤爐上頭。

「所以——」

後藤小姐似乎總算恢復了自己的步調，只見她以平時的口吻歪過頭說：

「你還剩一次發問權，要問什麼呢？還是不問了？」

後藤小姐把玻璃杯擱在桌上，如此說道。

她毫不隱藏地留下了「你想問的事情都問到了吧」此種弦外之音。而且，我還感覺到她意欲打斷迄今的對話走向這樣的居心，這點令我莫名地氣惱。

「……那麼……」

我根本是趁著酒意在提問了。也許我心中，帶有「想將各種不能接受的鬱悶感受統統發洩出來」這種念頭也說不定。

我決定豁出去問問看了。

「妳那對胸部是什麼罩杯？」

後藤小姐笑出了聲音來。

接著她將手掌輕輕擱在嘴巴旁邊，做出講悄悄話的姿勢。她小小聲地說：

「……是I罩杯喔。」

I罩杯是多大啊？

我掰著手指頭計算。

後藤小姐見狀，又嘻嘻笑了起來。

＊

我隨著電車搖來晃去，同時愣愣地眺望著窗外。

還真是一場驚濤駭浪的燒烤。

之後輪到了後藤小姐的提問時間，她卯起來問了關於三島的事情。像是「就算沒有在交往，但你有沒有在意人家」或「你會不會喜歡上人家」，諸如此類的問題。

當我問個究竟，才發現她似乎是感覺到我和三島之間的距離急速拉近，所以才會焦急地約我吃飯。

光聽這段來龍去脈，便會覺得後藤小姐也有莫名可愛的地方呢。

我反覆對她表示「三島只不過是我的後進」，講了無數次。

可能酒意差不多竄遍全身也有關係，後藤小姐過度地追問著有關三島的事情。像是「其實你還是比較喜歡年輕女孩吧？」或是「三島的身材也很棒呢，你應該喜歡那種類型的吧？」之類，總之相當煩人。

對於三島，我只有「拜託給我認真工作」這個感想而已。

我絲毫沒有料到會遭受那種誤會。

可是──

我呼一聲吁了口氣。果然還是無法接受。

後藤小姐可是把我給甩了耶。不久前才拒絕了我認真的告白。

然而，不知為何她卻很在意我和三島之間有什麼進展。

不，或許確實就像她所說的，照理說沒多久之前才向自己告白的男性，轉而找一個比自己還年輕的女性，會令她一肚子火。不過，從後藤小姐今天的表現看來，我總覺得她相當拚命，散發出一股原因不僅如此的氛圍。

我忽地回想起橋本之前所說過的話。

『我認為啊，搞不好出乎意料地八字有一撇喔。』

『被甩掉之後才是關鍵啦。』

搞不好當真是這樣吧。

假如後藤小姐對我有意思，那麼她方才的狀況，在各方面就解釋得通了。

然而，對方可是那個後藤小姐。我實在不認為她是那麼好應付的類型，在被我告白之後，原本沒有的八字就忽然出現一撇了。

我原本快要歡欣雀躍的心，一鼓作氣地消沉了下去。

在搭乘電車的期間，我不斷反覆思量和否決著，精神變得愈來愈疲憊。

回到家的時候，儘管腦中都是後藤小姐的事在打轉，但我的心情已是不願再去思考她的事情了。

「我回來了。」

「喔！」

我打開門鎖進入室內後，人在起居室的沙優輕快地跳起身子，往我這裡走來。

「歡迎回來……你那張表情是怎麼啦？」

「咦？」

「吃得不開心嗎？」

沙優窺向我的臉龐。

「不，很開心啊。」

「咦——你的臉上不是這麼寫的。她說了什麼不中聽的話嗎？」

「並沒有。」

我脫下西裝外套，同時穿過沙優身旁，踩著沉重的腳步走到起居室去。

這丫頭對人的臉色為什麼如此敏感呢？

「嗳，吉田先生。」

「幹嘛？」

我回過頭去，只見沙優雙手伸向我，站在那邊。

「我來給你個擁抱吧。」

「啥？」

我皺起臉來，沙優則是維持著原本的姿勢，把身子靠了過來。

「雖然我不是很清楚，不過抱抱ＪＫ應該會變得很舒暢吧？」

「才不會咧，妳是笨蛋嗎？」

「嘿。」

無視於我的反駁，沙優緊緊抱了過來。

而後把頭用力蹭在我身上。

這丫頭是想做什麼啊？儘管我如此苦笑著——

卻隱隱約約地明白，她是想要鼓勵我。

「好了。」

我拍拍沙優的肩膀，於是她抬起了頭。

「你有打起精神了嗎？」

「有有有。」

「真的嗎！你真單純耶，吉田先生。」

「妳很吵耶。」

我扯開傻笑著的沙優，拿出家居服來。

「等等、等等！」

就在我要解開襯衫鈕釦的時候，沙優出聲說道：

「你身上的菸味臭到不行，直接去洗澡！」

「咦，妳已經有放水啦？」

「隱約覺得你差不多要回來了，所以先放好了！」

「唉唷，妳還真神耶。」

沙優一臉得意地比出V字手勢，而後指著浴室的方向。

「你去清洗身體泡在浴缸，把無趣的事情忘掉吧。」

這番話令我心頭變得有些溫暖。

不會咄咄逼人，一份放任的溫柔。她的話語中，蘊含了這樣的事物。

「喔，我會的。」

我頷首回應後，沙優便心滿意足地回到起居室，一屁股坐在地板上。

接著，她像是要催我快點去似的，以下巴指向起居室外頭。

「好好好。」

我拿著替換的內褲和家居服，前往更衣室。

我一面脫著衣服，一面稍稍吐了口氣。

唯有今天，我覺得有沙優在真是太好了。倘若我是獨自回家的話，搞不好後藤小姐的事會一直在我腦中打轉到睡前，讓我很痛苦。

「唉……真沒出息。」

我喃喃低語，而後露出苦笑。

再次體認到，沙優好幾次都成了我的精神支柱呢。

「都是個老大不小的成年人了……」

我沖掉身上的汗水後，泡在浴槽裡。

話說回來，那丫頭有先泡過澡了嗎？

我不經意地思考著這樣的事情，看向浴槽裡的熱水。

「不，那種事一點都不重要吧。」

我獨自低喃後浸到熱水裡，泡到肩膀的高度。

甫一回神，先前和後藤小姐有關的那些凌亂思緒，不再打轉了。

而後，一陣有些悶悶不樂的情緒浮現在我心中。

雖說有許多事情無法接受，但我和傾心的後藤小姐吃過這頓飯，算是聊得頗開心地才回來。

然而沙優八成是在為我擔心。她不但準備了洗澡水，搞不好就連激勵我的話語和動

作，都是事前策劃好的。

明明我應該是那丫頭的監護人才對，今天卻徹頭徹尾地受到她照顧，不是嗎？

這樣一來，感覺簡直像……

「……不不不，我是在想什麼東西啊？」

簡直就像是……

有了老婆還去跟其他女人廝混的男人一樣——我這麼想了一下，隨即搖了搖頭。

酒意上來，讓我的思考變得異常。不管怎麼說那丫頭都是個高中生，並不是我的太太或什麼人。我沒有必要湧現奇怪的罪惡感。

只不過，我認為自己得再振作一點也是事實。

「讓高中生費心顧慮我……實在沒辦法擺出一副監護人的態度啊。」

我以手撈起浴槽的熱水，洗了把臉。

第11話　笑容

「手機殼這類東西，找可愛一點的會比較好嗎？」

「不，就算你問我也……」

假日。

我抓了橋本一塊兒來到通訊行。

我用了自己的名義買下了另一支智慧型手機，還辦了足夠上網的方案。

現在，我正因裝在手機上的「外殼」而煩惱。

「她感覺喜歡亮晶晶的東西嗎？」

「不，她身上並沒有穿戴那種東西……應該說，那丫頭也只有制服這套衣物。我不太了解她的興趣所在。」

聽聞我的回答，橋本發出苦笑。

「你不太清楚同居人的事情呢。」

「不，一般不會特地去問人家穿著打扮的喜好吧？」

「是這樣子嗎？」

畢竟她待在家的時候，總是穿著灰色的休閒服嘛。

她過去所使用的手機也據說沉到千葉的海裡去了，所以幫不上忙。

「是說，既然你會那麼傷腦筋，那一開始問過她再來不就好了？」

「不，要是我告訴那丫頭要買手機給她，她鐵定會婉拒的啊。」

我判斷由我這邊自行購入後，再突然交給她比較好。對於買下來的東西，就沒什麼客不客氣的了。既然錢都已經花下去了，自然是拿來用比較好。

橋本側眼看向我，不禁失笑。

「幹嘛啦？」

「沒有啦，吉田，我只是想說你還挺中意沙優的呢。」

「啥……？」

我皺起臉龐，橋本則是望著吊掛在牆上的手機殼，繼續說道：

「因為，如果只是要買手機給她聯絡用，無論是怎樣的款式都行吧。」

「不不不，她可是個女高中生耶。當然會介意外型啊。」

「所以啊，那換句話說就是——」

橋本輕笑出聲，緩緩開口：

「你有想要讓沙優開心的念頭吧？」

我語塞了下來。

不對，我絲毫沒有那種想法。然而，不知何故卻找不到說詞回應他這番話。

或許我的內心深處，有個這麼想的自己也說不定。

「嗯，若要挑個四平八穩的，不是白色就黑色吧。」

「感覺是個不會出差錯的選擇呢。」

「我覺得不會出錯是很重要的。」

聽他這麼說，我盯著白色的手機殼看。

我想像著沙優拿在手上的模樣，白色確實不會感到突兀。

「就挑白色的吧。」

我低聲呢喃，而後把白色手機殼拿到收銀檯去。

結完帳後，我和人在稍微遠離收銀檯之處等候的橋本對上了眼。

「吉田啊。」

橋本筆直地盯著我的雙眼，開口說道：

「說真的，你還是思考一下和沙優的相處方式比較好。」

他的口吻同時蘊含了顧慮我的溫暖，以及叮囑我的冰冷。

「萬一她黏著你——更進一步地說，迷上你的話，你也很困擾吧。」

「……嗯，這話是不錯。」

我點點頭，和他並肩離開了店家。

「況且，也有你迷上沙優的可能性。」

「才不會咧。除了波霸大姊姊之外，我都無法接受。」

「那是性嗜好方面吧。」

橋本臉上盈滿笑容說：

「我很愛老婆，可是沒辦法拿她來打手槍。」

「什麼跟什麼。」

我面露苦笑，橋本則是面不改色地繼續說了下去。

「換言之，迷戀上的女人和自己的喜好是兩碼子事。你最好留意點。」

「不，我當真對大姊姊以外的對象沒興趣啦。」

「要是那樣就好了。」

橋本嘻嘻笑著，稍微加快了腳步。

我也跟在他身旁，配合著他的步調走。

「抱歉讓你陪我跑一趟。我請你吃點什麼吧。」

「既然如此，我想吃拉麵耶。因為在家的時候，我太太淨是會弄一些養生餐點。」

「別若無其事地曬恩愛啦。ＯＫ，拉麵是吧。」

我苦笑著頷首回應，於是橋本喃喃說著「我那是在發牢騷啦」，而後咧嘴一笑。

*

「來，給妳。」

我把紙袋拋給沙優，她便手忙腳亂地接住了。

「唔哇……這……這是什麼？」

「妳打開看看。」

戰戰兢兢地摸索著袋子的沙優，看到裡頭跑出來的箱子，頓時杏眼圓睜。

「咦，這個……」

「是手機。」

「這是怎麼回事！」

「我買的。」

沙優交互望向手機盒和我，而後偏過頭問：

「是你要用的嗎？」

「妳是笨蛋嗎？當然是給妳用的啊。」

「為什麼？」

「聯絡不上妳會讓我很傷腦筋啦！」

沙優掛著難以言喻的神色看著紙袋。

「……這不會很貴嗎？」

「不要緊，我賺得挺多的喔。」

「……我真的可以收下嗎？」

「我就是為此才買回來的啊。」

我一說完，沙優便點點頭，稍微揚起了嘴角。

「嚇了我一跳。我才在想說，你會在假日說要去買東西很罕見，感覺怪怪的呢。」

搔抓著頭的沙優，目光游移著。

「原來如此，是為了我呀……」

語畢，這次沙優臉上露出了平時的「傻氣」笑容。

「難不成你還挺喜歡我的？」

「別得意忘形了。那是聯絡用的，聯絡用。」

「嗯，這倒也是啦。」

沙優撕掉貼在盒蓋上的貼紙，同時點了點頭。

而後，她打開蓋子，拿出內容物。

「唔哇，是最新的機種耶。」

「是嗎？因為感覺好像很棒，我就買回來了。」

「這是怎樣，好好笑。」

沙優咯咯笑了一陣，之後凝望著我。

「吉田先生，謝謝你。」

「喔。」

我有些害臊了起來，從她身上別開視線。買來的東西能夠讓她高興，坦白說我覺得很開心。

「啊，連手機殼都有。」

沙優注意到紙袋裡另一個盒子，於是拿了出來。

「是白色的！」

「那樣子可以嗎？」

我開口詢問，沙優便不住連連點頭。

「我喜歡白色。」

「這樣啊，那真是太好了。」

「你的品味不錯嘛。」

以神祕的高姿態如是說的沙優，笑咪咪地拿出手機殼，嵌入全新的智慧型手機。

「噹噹！」

「太好了。」

「真的很謝謝你。」

沙優天真無邪地笑著，按下手機的電源鍵。

沒錯，小孩子不該跟大人客氣。面對送給自己的東西用不著客套，只要回一句「謝謝」，光是如此我們就滿足了。

想到這裡，我忍不住自顧自地笑了出來。

簡直像個監護人一樣。不，實際上這個立場和監護人別無二致，不過對一個來路不明的女高中生抱有像是父母親的情感，實在讓人無法苟同。

然而——

我回憶著橋本白天所說的話。

『況且，也有你迷上沙優的可能性。』

回想之後，便覺得愚蠢透頂。

我絕對不可能萌生那種情感。就我的角度看，這丫頭首先是個「孩子」，再來才算是「女人」。

「啊，吉田先生。」

「幹嘛？」

「我們來交換聯絡方式吧。」

沙優靠了過來，把手機畫面給我看。

她一啟動手機，似乎便立刻下載了當紅的通訊軟體，熟悉的軟體畫面已經顯現在螢幕上了。

「真虧妳能馬上知道什麼功能放在哪裡耶。」

「嘿嘿，因為我是ＪＫ呀。」

果然年輕人的適應力就是比較高的意思嗎？我每次換手機的時候，都無法掌握什麼功能位在何方，搞得我吃盡苦頭呢。

我也啟動了相同的通訊軟體，把自己的ＩＤ給沙優看。

最近就連公司裡的上司，有時都會利用這類軟體捎來聯絡。由於重要訊息也不時會透過這玩意兒傳來，我還會對上司直言相諫說：「要緊事就用電子郵件傳來啦。」

不過，這工具確實很方便。不但能即時確認訊息，也能夠不受電話費限制來通話，這也難怪會流行了。

「好，登錄完畢！」

沙優燦爛一笑。

我看向自己的畫面，「朋友」的欄位顯示出「我是沙優」這個帳號名稱。

「妳啊，應該再多加點巧思啦。」

「吉田先生你還不是取叫『yoshida-man』。man是怎樣呀？」

「妳很囉唆耶，那是我隨便取的啦。」

這個名字是我隨便亂取的，橋本說「利用郵件聯絡很麻煩」而強迫我開始用。

沙優咯咯笑著，之後立刻像是緊擁著似的，把自己的手機抵在胸口。

「嘿嘿。」

沙優傻氣地笑了笑，看向我這裡。

「幹嘛啦，很噁心耶。」

「你看。」

沙優再次把畫面亮給我看。

「朋友」的欄位，只映著一個「yoshida-man」。

「我的朋友只有吉田先生你一個耶。」

「不，那是在這個軟體裡面而已吧。」

沙優嘻嘻輕笑著，而後瞇細了雙眼說：

「是你專用的呢。」

這道嗓音，糾纏不休地撼動著我的鼓膜。

浮現在她臉上的神情，看起來莫名嬌媚。這股令人背脊寒毛直豎的感覺，使我連忙將目光從她身上挪開。

「要……要是開始打工的話，屆時就會增加更多人吧……」

「嗯，或許吧。」

沙優變回了平時那副雲淡風輕的模樣，嫣然一笑。

「總之，這下子就隨時都能取得聯繫了呢。」

「是啊。」

「你會晚歸或不在家吃飯的時候，要告訴我喔。」

「好。」

沙優開心地哼著歌，回到起居室去。她坐到地上，開始玩起手機來。

我稍稍嘆了一口氣，然後前往盥洗室。拿起肥皂洗手，順便洗了把臉。

剛剛那是怎麼回事啊？

看似格外嬌豔的笑容，還有令我思緒遲鈍的甜膩嗓音。

明明對方是個小孩子，那股好似心臟被緊緊揪住的奇妙魄力，令我流下涔涔冷汗。

沙優那張「傻氣」的鬆懈笑容我已經看習慣了。反倒是那種笑容，甚至讓我感覺有點可愛。

然而，她今天的笑顏卻是至今從未展現過的，感覺好像帶有某種「意圖」。

我再次嘩啦一聲以水打濕了臉，而後「呼」地吐了口氣。

「我果然搞不懂女高中生啊……」

如此喃喃低語的我，如今腦中依然不斷回想著方才她所展露的那張妖豔笑容。

第12話 起居室

「那我出門嘍。」

「嗯，路上小心。」

我稍稍舉起手，目送吉田先生由玄關走出去。

當他離開家裡並關上門後，感覺室內忽然變得萬籟俱寂。

「……好。」

我輕聲呢喃後從玄關回到起居室，首先把擺在桌上的早餐餐具疊起來拿去流理台。

早餐後清洗碗盤。

吉田先生出門上班後，我的第一件工作總是這個。

水沖到手會讓我覺得思緒逐漸清晰，而且碗盤碰觸的聲音，會排解我獨處的寂寞。

由於家裡沒有空間陰乾，我迅速洗好碗盤後，會立刻拭去水珠。

就在我做這些事的時候，大約過了十分鐘左右。

從這兒走到最近的車站大概是十來分鐘的距離。吉田先生是否已經搭上電車了呢？

想著這樣的事情，我隨即覺得好笑。

「就算坐上電車又怎麼樣呢？」

無論我再怎麼自言自語，都沒有人在聽，也無人會回應。吉田先生不在家的期間，我獨語的頻率會大幅提升。

而每當我喃喃自語，寂寞便會跟著增加。

話說回來，吉田先生也常常自言自語。而且那一定是下意識的行為。他時常會將心中所想的事情直接說出口，看了很有趣。

「啊……」

我把擦乾的盤子放回餐具櫃，同時輕聲叫了出來。

又來了。

「我又在想吉田先生的事情了。」

我小小聲地低語，而後由鼻子哼了一口氣。

至今我待過形形色色的男人家裡。理所當然地，遇上十個人，他們便有著各自不同的特徵，沒有一個人是完全相同的。儘管如此，迄今讓我借住的男人們都有個共通點。

那就是，他們是「為了自己」才把我安置在家這點。我認為這是極其普通的事情。肯定沒有人會在對自己沒好處的狀況下，無條件地對他人釋出善意。

先前的男人全都「碰過了」我。

這也是天經地義的。因為我就是以此作為交換條件進行交涉，讓他們收留我。

他們邀請我這個社會上的不定時炸彈到家裡，相對地則是充分享受了我身為「女高中生」的這個身分。

我真的認為，這是極度稀鬆平常之事。

不可思議的反倒是吉田先生。

他當真是個很奇妙的人。

當吉田先生說「我對小鬼沒興趣」的時候，坦白講我心底覺得「嘴上說是這麼說，幾天後就不曉得會怎樣了吧」。

然而，全然沒有發生那樣的事情。

他反倒是認真地訓了我一頓，而且以「幫忙做家事」這個隨便過頭的條件，讓我借住在家裡。

我搞不懂。

讓我待在這兒，對他有什麼好處呢？

家務根本沒有必要特別讓我來做。不，應該說「並不是非我來做不可」才對吧。

事實上，他到目前為止都是一個人生活，看起來完全沒有自己開伙的樣子。即使如

此，日子依然湊合著過得頗為順利吧。

想讓忽然造訪的「女高中生」做的事情「僅有家事」，這令我無法接受。

我的年齡可是一個朝氣蓬勃的女高中生。而且，雖然自己說好像不太對勁，但我認為自己的姿色算是很棒的。這並非老王賣瓜，而是就客觀角度下的想法。

不論他再怎麼表示對年幼女孩沒興趣，最起碼會有一點……

「最起碼會有一點……那種念頭吧……？」

說出口之後，我的心情變得莫名鬱悶。

吉田先生很溫柔。

就算不願意，只要一起生活幾天就會明白這點。我很幸運。這是無庸置疑的事實。

但光是如此，我依然沒有辦法接受。

迄今男人必定會「向我索求」的事情，吉田先生他完全沒有對我開口要求。

這件事令我感到莫名地惴惴不安。

「為什麼呢？」

我搞不懂。

先前從未感受過此種不安。

會在吉田先生外出的白天感到寂寞也很奇怪。

過去我所漂泊而來的家，主人不在的時候是我能夠放下心來的時間。無須回應他們的期待，可以自由度過的時間。

然而，現在卻不一樣。

吉田先生不在的時間令我感到極度漫長。家務這種差事馬上就做完了。

他為我買來的漫畫和書籍，我雖然看得挺慢，卻也是幾天就看完了。看書時，比起內容，「吉田先生為了我而買的書」這點讓我開心得不得了。過去我也曾好幾次從某人手中收到東西。比方像項鍊或內衣之類，這些漫畫或書本所無法比擬的昂貴物品。不過比起那些東西，吉田先生所給的這些要讓我開心多了。

連我自己也不曉得究竟發生了什麼狀況。

和吉田先生一同共度的時光，真的能夠安心下來。

而安心過頭，反而令我害怕。

我何以能置身在如此幸福的環境當中呢？我有提供給吉田先生什麼樣的好處嗎？我完全不明白。

每天都活在被這種來歷不明的不安全感所糾纏的日子裡。

甚至在想，他乾脆對我下手還比較輕鬆。

以簡明易懂的形式需要我，要來得好多了。而且，我自己也覺得可以給吉田先生碰

無妨。我不清楚自己怎麼會那麼想。

只不過，那是不可能的。

吉田先生並沒有把我當成那種對象看待。那並不是在逞強。他當真絲毫沒有對我做任何事的意思。

「唉……」

一切都是初次體驗。來到這兒之後，淨是讓我不知所措。

明明放心，卻又變得不安。明明不安，內心又感到溫暖。

我感覺自身情感彷彿事不關己一般，心裡頭一直很不踏實。

我以擰好的餐桌抹布擦拭著桌面，嘆息同時流瀉而出。

「我能夠在這裡待到什麼時候呢？」

喃喃說完，我一屁股坐在起居室裡。

一旦不方便，吉田先生也會像先前的男人們一樣，把我給趕出去嗎？

沒錯，譬如說……

交到女朋友之類的。

如此一想的當下，我便受到好似心臟被揪住的感覺所折磨。

「畢竟他是那麼地溫柔嘛。」

反倒是為何他現在沒有女朋友，從女性的角度來看也深深覺得不可思議。

被那個後藤小姐甩掉之後，他似乎一直走不出來，但之前他才和女性員工一塊兒去喝酒回來，身旁應該有女人在吧。

這麼一想，就算有人趁他內心受創時前來示好也不奇怪。

而倘若吉田先生和某人進行了男女之間的交往，我的棲身之處會確切無疑地消失。

在我印象裡，就連高中生情侶都會常常到對方家去玩。一對成熟的大人，而且男方還是獨居的話，走向自然會是邀請到家中吧。

那樣一來，根本不可能有空間容得下我。明明和戀人分居，卻和陌生的女高中生時時刻刻同住在一個屋簷下，這種狀況就正常交往關係來說已經破裂了。

「哈哈，如果他交到女朋友的話，再怎麼說我也只能離開了呢。」

我發出尷尬的笑聲。

而後，負面思考產生連鎖反應，讓我想到了多餘的事。

「假如……」

假如吉田先生交了女朋友……

他會和那名女子……上床嗎？

一思及此的瞬間，我全身寒毛直豎。

「……得去開洗衣機才行。」

我站了起來，走向洗衣機那邊而去。然而，數秒鐘之前的妄想隨即在我腦中閃現，令我的心情像是內臟緊緊地收縮了起來一樣。

吉田先生在和我不認識的女人翻雲覆雨。

一想像那個景象，不知何故便覺得非常討厭。

明明跟我並沒有關係才對。

像吉田先生如此溫柔又品行端正的男人，交到女朋友是極其普通的事情，而一旦交往後會有那種狀況也很正常。

明明是這樣，愈是去想像我就愈覺得極為不悅。

「唉唉……」

在我抵達洗衣機那邊之前，就先頹坐在走廊上了。

「這是怎樣呀……」

在吉田先生家獨處的光陰，真的很難熬。

至今未曾體驗過的孤獨和負面思考漩渦，幾乎要把我吞噬了。

「吉田先生……你快回來呀。」

我求助般地輕聲吟詠著，才剛出門的那個人的名字。

第13話 出差

「妳又故意了是不是？我差不多要揍飛妳了喔。」

「呃……不是那樣啦，這次是我很平常地出錯了……」

「那樣更惡質耶。」

「呃……不是那樣啦，前天晚上我租了太多ＤＶＤ，看到早上後就那樣直接出門上班，所以……」

我用力拍著桌子，三島的肩膀便跟著晃了一下。隔壁的橋本也出聲攪和著說：「喔喔喔。」

「不用找藉口解釋了，妳有辦法在今天之內改好嗎？」

「我會改，我會改的。」

「那妳就快點著手作業……」

就在我抬起視線想說狠狠瞪三島一眼的同時，我注意到了一名上司正從她的背後接近而來。

是小田切課長。

不好的預感一口氣湧了上來。

小田切課長會到我們部門來，多半都是帶了麻煩事的時候。而且，不知為何他的視線望向我這邊。

「方便借點時間嗎？」

不好的預感料中，小田切課長走到我的桌前，對我開口說道。

「好的，有什麼事呢？」

我也挺直了背脊，和他正面相對。

「很抱歉，事情這麼突然。」

小田切課長搔抓著下巴的鬍鬚後說：

「希望你和我一道去出差，大概兩個星期。」

「呃？出差嗎？地點是？」

「我們要去位於岐阜的分公司。」

「岐……岐阜嗎……」

坦白說，目前我不想離家。因為有沙優在啊。

監護人不在家兩個星期，無論怎麼想都很不妙。

我卯足全力打造出一張「看似過意不去的表情」。

「可能……有點困難耶……」

聽聞我的回應，小田切課長瞠目結舌。

「哎呀，你居然會拒絕出差，真稀奇呢。平常總是二話不說就答應，不是嗎？」

「呃……嗯……哈哈……」

我說不出「我藏了一個女高中生在家，所以沒辦法」，於是流露出尷尬的笑容。

對了，這次就請橋本代替我去……當我想到這個主意而望向隔壁的座位後，發現方才還在的橋本，忽然消失了蹤影。

那小子……竟然跑到廁所去了……

他逃亡的腳程之快，是公司第一。

不過，橋本也有個太太在家，因此不會想離家好幾個星期呢。

「啊，三島呢？她怎麼樣？」

「咦？」

我忽然指著三島說，於是她便發出了愚蠢的聲音。她是個願意做就辦得到的員工，而且據說沒有男朋友，這樣正好不是嗎？

我看向小田切課長那邊，然而他卻搖了搖頭。

「這次要去的分公司沒有員工宿舍，得外宿才行呢。可是區區出差總不能訂兩間房吧。和女性一起去，也沒辦法只訂一間房。」

「咦，一間房不行嗎？你有太太了，而且不會做出什麼奇怪的舉動吧。」

我話一說完，小田切課長便面露複雜神情，吞吞吐吐地說：「嗯，是沒錯啦。」

「喂，妳也可以吧？」

我瞧向三島的臉龐，而後嚇了一跳。

「咦……我不要啦……」

她的神情相當駭人。

呃，我也不是不能體會妳不願意啦，但還有更……妥當的做法吧。那表情很糟啦。

小田切課長也瞄向她的臉，反覆搖了好幾次頭。

「三島果然還是不行，得找個男人。好嗎，拜託你了，吉田。我只能夠仰賴你了。而且你還是單身嘛。」

多餘的一句話刺中了我的胸口。唉，我很清楚派家有妻小的人出差，可能會招致反感啦。

「你有什麼不能去的理由嗎？看情形我也是可以放棄的。」

最難熬的問題來了。

我拚命思索著該如何回答才好。只有這次，我無法老實地說明原委。

就在我竭盡所能選擇詞彙時，救世主現身了。

「小田切先生啊……他本人不願意去不是嗎……」

從小田切課長身後晃過來的男性員工，帶著戲謔的口吻並肩站在他身旁。那是在稍遠之處的座位上辦公的遠藤。

「如果是出差，就由我去吧。反正我也是個王老五又超閒的嘛。好嗎？這樣就行了吧？」

「不許用這種口氣對上司說話。」

「你不想和我去是嗎？堂堂一位課長居然在工作上夾帶私情，我覺得很不以為然耶……」

遠藤以煩人的口吻連珠砲似的說著。小田切課長明顯露出了不悅的表情，同時瞥了一眼遠藤。

「你有辦法乖乖工作兩個星期嗎？」

「我會好好做事的啦。不過工作之外的時間，我可就要隨意行動了呢。」

遠藤揚起眉毛如此回答後，小田切課長便嘆了一口氣，點了點頭。

「我知道了，就拜託你吧。」

「那就這麼決定啦。」

遠藤憨笑著，目送小田切課長離去的背影。而後他把目光轉到我身上，咧嘴一笑。

「吉田，你不是對後藤專務死心塌地的嗎？」

「你在說什麼啊？」

遠藤相當刻意地將肩膀湊向我，小聲說道：

「是女人吧？」

「啥？」

「因為你有了女人，所以不想去出差吧。不是嗎？」

遠藤這番話令我愕然。原來他是如此解讀的嗎？

然而，無法完全否定這點，讓我感到焦躁難耐。雖然我並非交了女朋友，可是有個身為「被監護人」的女生賴在我家，他說「女人」便是理由或許也沒有錯。

「吉田前輩……」

從旁看著事情經過的三島，對我投以陰鬱的視線。

「原來你有女朋友嗎……」

「不，就說沒有了。」

「少騙人啦，至今都興高采烈地去出差的傢伙竟然開始躊躇不前，除了女人之外沒有別的原因了吧。」

「哪有這回事。我好歹也有其他無法出差的理由……」

我話說到一半，便語塞了起來。

我全然找不到拒絕出差的像樣理由。

見到我的表情，遠藤笑得一臉得意，而後把手擱在我的肩上。

「好啦，在這兒閒聊是會被飆的。我們到餐廳去吧。」

語畢，遠藤指著牆上的掛鐘。一看，時間已經過了下午一點。正好來到午休的時刻。

「……我去吃午飯了。」

我嘆著氣，以略大的音量宣告後，位子坐在附近的同事便漫不經心地說了句：「慢走。」

我側眼望向橋本的位子，他還沒回來。

這是他一個人從課長身邊開溜的懲罰。今天就給我自個兒吃飯吧你。

＊

「這麵條沒辦法再改善一點嗎?蒟蒻絲都還比較有嚼勁。」

遠藤臉上浮現出煩躁的表情，吸著餐廳的中式拉麵。

「我愈來愈覺得好像在吃家畜的飼料耶。既然如此，我甚至希望他們改一下菜單上的名字。就叫『家畜飼料套餐』。如此一來，名稱變得有趣，也會讓人想點吧。」

「說是這麼說，你平常總是只吃那個嘛。」

被遠藤硬是拉來的同事小池，在他身旁吃著炒飯。他們倆的交情很好。就客觀角度來看，這兩人的個性位在兩個極端，不過似乎反倒維持了他們之間關係的平衡。

「所以呢?」

原本在和小池互相責備的遠藤，忽然重新面向我這邊。

「你有在交往嗎?該不會，其實你和後藤專務之間進展得很順利之類的吧?」

「就說不是了啦。」

我揮了揮雙手，遠藤便以懷疑的視線望向我。

我感到一股陰鬱的目光，於是看向隔壁，發現三島狠狠瞪著我。

「中式涼麵要糊掉嘍。」

「現在比起中式涼麵，你的事情比較重要。」

三島幾乎沒有動手吃自己眼前的中式涼麵，而是看著我。

我稍稍吐了口氣，而後講出我在點餐期間拚命想出來的藉口。

「在這兩週當中，有貨品會送到我家啦。」

「貨品——？」

遠藤蹙起眉頭來。

「什麼貨品？這種東西之後再收也行吧。」

「不，那是我無論如何都想馬上收下的東西。」

「所以說，我就是在問你那啥啊。」

我充分停頓了一段時間，明顯擺出「我不想講」的表情後，遠藤掛著滿臉笑容，點了點頭。

「原來如此啊。也是啦，你也會有很多難言之隱嘛。」

遠藤一副理解似的竊笑著，而後不知何故戳了戳小池的肩膀。

「做什麼？」

「你大概在去年也有買對吧，ＤＶＤ。」

小池一瞬間皺起眉頭，不過隨即點了好幾次頭。

「有耶。那時我超級迷她，成瀨心愛。」

「咕呼！」

我差點把吃到一半的燴麵噴出來。

隔壁的三島納悶地盯著我看。

「那個叫成瀨……什麼的，是幹嘛的呀？」

「喔，是啥來著……記得沒錯，應該是什麼動畫角色啦。」

其實是成人影片的女演員。

聽到我出言蒙混，遠藤大笑出聲，小池則是傻眼地吐了口氣，再次大口嚼著炒飯。

三島的頭上，則依然浮現著問號。

「嗯，既然你不惜如此也想隱瞞，那我就不過問啦。」

遠藤開心地笑了笑，而後吸著中式拉麵。我看著他的模樣，內心略感過意不去地開口說：

「呃，可是總覺得對你很不好意思耶。讓你代替我去出差。」

「沒關係啦，反正我孤家寡人又很閒嘛。再說，搞不好可以在岐阜吃到什麼好吃的美食啊。」

「不，話是這麼說，但你挺討厭小田切課長吧。」

「是啊，超討厭的。」

遠藤戲謔地抖了抖肩膀，咧嘴一笑。

「討厭過頭，繞了一圈反而覺得開心起來了。所以你別放在心上。」

「……抱歉，你幫了我大忙。」

「你真的一言一行都很誇張耶，所以才不受女人青睞啦。」

「這根本無關吧。」

我試著反駁遠藤，然而他這番話或許出乎意料地未必有誤。

「無論理由是啥都無妨，既然你都讓我代替你去出差了——」

遠藤聲勢浩大地吸完拉麵後，凝視著我的雙眼。

「你就要好好享受那個不去的理由啦。不管是色情ＤＶＤ或女人都行。」

他僅說完這些話，便開始專心用餐。我邊聽他吸著麵條的聲音，同時小小地吐了口氣。

遠藤那番話，很明顯地蘊含了「我並沒有接受你的回答，不過這次就放你一馬吧」這樣的意思。基本上他的個性粗枝大葉又任性妄為，不過莫名其妙地對其他人擁有胸襟寬闊的一面。在工作上，我也受到他許多次幫助。

我恐怕無法數度瞞騙過去吧。下次出差的工作被丟到我身上時，沙優是否已經回到北海道去了呢……我內心如是想。

「吉、田、前輩。」

「唔咕！」

就在我把熗麵含到嘴裡的時間點，三島猛力地戳了我的側腹，害我口中的東西差點噴了出來。我連忙嚥下去，而後敲著三島的肩膀。

「妳啊，人家在吃東西的時候，妳搞什麼鬼啊？」

「因為……」

三島反覆好幾次看向我的眼睛又別開，最後終於開口說：

「你真的沒有女朋友對吧？」

「就說沒有了啊。是要我講幾次啦？」

那樣會讓我感到空虛，真希望她別再問了。

三島一副有話想說似的張開了嘴巴，可是又隨即合上，點了點頭。

「那就好……」

「不，交女朋友不需要一一徵求妳的許可吧——痛死啦！妳幹嘛從剛剛就一直毫不留情地給我肘擊啦！打到肋骨了耶！」

「呃，因為我實在是一肚子火都起來了。」

不曉得為什麼三島一臉氣鼓鼓的，好不容易才開始吸起中式涼麵。當我滿腹疑惑地眺望她時，看到了所有事情經過的遠藤忽然放聲大笑。

「幹嘛啦？」

我稍稍瞪了拍桌大笑的遠藤，於是他便顫抖著肩膀，搖了搖頭。

「沒有啦，我是在想說——」

遠藤從眼角拭去笑得太過火而滲出的淚珠說：

「照你那副德性，果真不是有了女人吧。」

「這什麼意思啊？」

「就是字面上的意思啊。對吧，三島？」

遠藤把話題拋給三島後，三島便狠狠地瞪了他一眼，之後大口吃著中式涼麵。

我壓根不曉得他們到底在說什麼。我困惑地看向小池，只見他也掛著苦笑，對我聳了聳肩。

*

由於三島在吃完午餐後迅速地完成了修正作業，而我的工作也不多，因此我才能進行準時下班回家的準備。

我把東西塞進公事包裡，正打算要邁步離去時，三島開口向我攀談。

「吉田前輩。」

「啊？」

正要回去的時候被叫住，讓我的語氣盡顯不悅。然而三島絲毫不放在心上，拿著整理好的東西來到我面前。

「之後你有一點時間嗎？」

「不……可以的話我想回家了耶。」

「是有什麼事要辦嗎？」

「倒也不是。」

「那就請你陪我一下吧。」

不由分說的措辭讓我有點不爽，但中午還發生過那件事，倘若我繼續硬是要回家，有可能產生多餘的誤會。

「如果妳那麼堅持倒也無妨，妳要做什麼？」

「我們一起去看電影吧。」

「啥？電影？」

「離你家最近的車站那邊，有一座電影院對吧？」

「呃，有是有啦。」

「那我們走吧。一個小時後就要開演了。」

「喂……喂。」

我連忙追上不聽我的回應，逕自邁步而行的三島。我忽地感覺到一股視線而抬起頭來，於是和坐在位子上的後藤小姐四目相交了。儘管心跳重重漏了一拍，但在這種狀況下我也無法說些什麼。我稍稍點個頭致意，便匆匆忙忙地離開了辦公室。

第14話 命中注定

『命中注定的邂逅，要到之後才會曉得。』

教授如是說，把手帕遞給淚流滿面的主角。

『縱使有一場相遇能改變妳的命運，但不到事後妳便不會明白。得等到一切都改變並結束後，才發現到這回事。』

『可是那樣一來……我該怎麼處理這份心意才好呢？』

身為主角的女孩子，在大學遇見了一名同齡青年。她宣稱自己對他的心意是「命中注定的戀情」而四處奔走。這一幕，是少女知道了青年將要去留學，哭著表示「命中注定的戀情難道就要在此結束了嗎」，與替她上課的教授之間展開對話。

『就算不是命中注定的戀情，又有什麼關係呢？』

『咦？』

教授傾斜著裝有咖啡的馬克杯喝了一口，之後足足停頓了好一會兒才講話。

『無論是否注定，妳的心意都是貨真價實的。光是這樣子不行嗎？』

教授的話語，令主角瞪大了雙眼。

『現在立刻趕到他那兒去，把該說的話說出來不就好了嗎？不管怎樣，妳大概也只有這點事能做了。』

語畢，教授咧嘴露出了一個淘氣的笑容。

主角斗大的淚珠又撲簌簌地流下來，反覆點了點頭，氣勢十足地站了起來。

『我出發了。』

主角話一說完，便從研究室飛奔而去。教授則是帶著好似望向耀眼事物般的目光，凝望著主角。

我忽然在意起一旁三島的模樣而側眼瞧了一下，只見她以迄今未曾見過的神情盯著大銀幕看。

她的表情看似泫然欲泣，又像怒目而視。只是，三島的側臉看起來比先前我所見過的她任何一張表情，都還要「正經」。

拜託妳在工作時掛著這種神情啦——我這麼心想，同時有些佩服起如此認真看電影的三島。

我總忍不住事不關己似的在看這部電影。我還偷偷瞄了和三島反方向的隔壁位子，對方一臉入迷地盯著銀幕瞧。

可能我的個性，是根本無法認真享受電影這種娛樂的人。明明映在銀幕上頭的是活生生的人，我卻沒有辦法當成同一個世界所發生的事而接受。就真正的意義而言，無法投射情感進去。

只不過，方才教授的台詞有稍微打動到我的內心。

『命中注定的邂逅，要到之後才會曉得。』

這句台詞感覺格外地能讓人認同。經他這麼一說，的確很多時候是那樣。有可能改變日後人生的邂逅會在出乎自己意料的時間點發生，當下會理所當然般的接受。但事後想想，那其實是一場很重要的相遇。

以我的狀況為例，後藤小姐便是如此。

我是在各家企業聚集起來召開的求職學生共同說明會上，遇見那個人的。

當我接受了屬意的公司說明後，想說機會難得，也去聽聽看其他公司的介紹而眺望著參加企業時，向我攀談的就是後藤小姐。

『你的表情很認真呢。』

如今我依然記得，她掛著微笑這麼對我說。

要是沒有在那個地方遇見她，恐怕我就不會待在目前的公司了吧。而且搞不好沒辦法受到如此合拍的工作和公司眷顧，進而累積資歷。

反倒是如果有人問我，那件事之後有沒有什麼命運般的邂逅，並沒有特別會讓我恍然大悟的……

想到這裡，我的腦中驟然浮現一個人的臉龐。

那張傻氣的鬆懈笑容。

這麼說來，自從沙優來了之後，我的生活發生了大幅變化。

只不過，我覺得那倒也不是會改變今後人生的一場相遇。沙優碰巧出現在我面前，希望有棟房子住。而我提供給她，相對的則是把家務之類的事情交給她處理，自己輕鬆過活。僅是如此而已。

『也許你不曉得，但是！』

銀幕裡頭的主角放聲大喊嚇了我一跳，於是我的注意力便從自己的思緒裡被拉回了銀幕中。

就在我集中精神思考的期間，電影轉換到主角和她所傾慕的青年隔著遠距離對望的場景了。

『初次遇見你的時候，我便受了你很大的幫助！』

主角語帶顫抖地喊著，眼眶略微泛著淚水，竭力述說著。

青年則是帶著有些困惑的表情，聽主角講話。

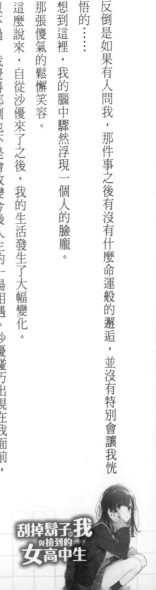

『我明白你只是無意中對我伸出了援手，但儘管如此……我依然獲得了令人無法置信的極大救贖！』

接著插入回想場面，開始回憶起故事的開頭。這是升上大學並剛來到都市的主角，在校園裡的人群中，忽然感到自己是個被周遭眾人所孤立又極其渺小的人物，因而佇立不動的場景。這時，她被走路左顧右盼的青年給撞上，一屁股跌坐在校園正中央。青年慌慌張張地不斷道歉，而後一臉傷腦筋地問主角一句「妳不要緊嗎？」並伸出了手。這便是主角戀情的開端。

『即使是這樣的我，也會有人發現到呀……我感到非常的放心！』

主角聲淚俱下地對青年告白。

『從那時起，我滿腦子都在想你的事了！』

也會有人發現到——這句台詞很奇妙地在我耳朵繚繞不去。

有幅景象在我腦中復甦了過來。

那是我被後藤小姐甩掉後，喝得醉醺醺地回家路上。蹲坐在電線桿底下的沙優，身上籠罩著一種空虛的氛圍。

那時，沙優心裡在想什麼呢？

是在想著……希望有人發現自己嗎？

而我——

『我很清楚，當時會在那個地方撞到你只不過是偶然。但就算是這樣——』

意思是……我……發現了她嗎？

『我也覺得……很高興。』

我透過銀幕眺望著講完話後淚如雨下的主角，同時回想起沙優那張鬆懈的笑容。

＊

「嗯……！」

一走出電影院，三島便大大地伸了個懶腰。

從外套之中露出的襯衫繃緊了起來，讓身體曲線略微清晰可見。

該怎麼說好呢……真是相當健康。我並不是在說她很小喔。

一旦知道了有後藤小姐這種超乎規格的大小，多數女性的雙峰就會讓人看起來感到放心。我真的沒有其他意思。

「總覺得——」

伸完懶腰的三島，喃喃說起話來。

「收穫比想像中多呢。」

「收穫？」

「對。我原本只是稍微輕鬆地帶著『和吉田前輩一起去看愛情故事吧～』這樣的調調來看看……」

「這是怎樣啊？」

「卻發現要比我所想的好太多了呢……」

三島輕快地這樣說，而後嫣然一笑。

「吉田前輩，你覺得呢？」

「妳是指？」

「我是說那部電影。你覺得怎麼樣？」

「嗯——就算妳這麼問，我也……」

演到一半我就淨是在想別的事情了——如此坦承總覺得過意不去。

但是，看三島似乎非常享受那部片，所以隨口胡謅一些感想也不是很妥當。假如有個片段是我能夠老實說出感想的，那會是哪裡呢？

我略作思索後，腦中竄過了教授的台詞。

「喔，就是那個。教授那句『命中注定的邂逅，要到之後才會曉得』。那番話……

讓我覺得很有道理呢。」

我一說完，便感覺到三島的眼神明顯地熠熠生輝。

「就是說呀！那段台詞也讓我格外認同……原來如此，你也是呀。」

三島略顯滿意地點點頭後，突然愁眉苦臉了起來。

「怎麼了？」

「沒有啦。」

三島的手抵著下頷，低聲說：

「我在想，這樣認同可以嗎？」

「嗯？妳不是已經認同了嗎？」

「呃，是這樣沒錯啦。可是，我想說這樣子好嗎？」

我無法理解三島的話中之意而歪過頭去，於是她結結巴巴地把話說了下去。

「呃，該怎麼說……這個……那樣子不會很無趣嗎？」

「無趣？」

「是呀。因為，自己現在遇上了將左右往後人生的驚人邂逅對吧？碰見的時候是現在。既非先前亦非以後，就在那個當下。」

「是這樣沒錯。」

我點了點頭，三島的目光便在地面上游移，之後輕輕吐了口氣。

「那不就會想在那時發現到，這就是命中注定的邂逅嗎？」

說出這番話的三島，眼眸有些濕潤，而且看似寄宿著頑固的光芒。

她身上散發著和平時不正經的氛圍截然不同的某種東西。這鐵定是她真正的心情。

「當注意到命中注定的邂逅時，一切都已經結束，到了伸手無法觸及之處……如果是虛構故事的話，這種發展很感人，但我可絕對不想遇到。」

三島如此補充後，面露微笑。

「我就是想要現在，昨日或明日都不重要。因為我只活在當下。」

三島這張笑容的氛圍，比起平常的她要來得成熟許多。我都不曉得她是個會露出這種表情的傢伙。

「所以……」

在動腦思索之前，我先開口詢問了。

「妳有遇到……命中注定的邂逅嗎？」

聽聞我的話語，三島臉上浮現出呆愣神色，而後——

「噗！」

忍不住笑了出來。

「啊哈哈！沒錯，你就是這種感覺呢。到了這種地步，根本清新脫俗了。」

「啥？妳在說什麼啊？」

「呵呵呵……不，沒事了。沒關係。」

三島大笑到眼角泛淚。她以指頭抹去淚水，同時不住頷首。

「有呀，我有遇到命中注定的邂逅。」

說完，三島直勾勾地盯著我看。

「因此，我絕對不想放過這場相遇。」

她的眼神筆直，令我感受到其決心有多麼堅定。

在那股奇妙的魄力震懾之下，我從三島身上挪開目光，並點了點頭。

「這樣啊，妳要加油喔。」

「好的，我會加油！」

三島裝模作樣地做了個舉手禮的姿勢，臉上還笑咪咪的。望見她的神情，我稍微鬆了口氣。

是平時的三島。

最近我才發現，自己見到熟人的「未知表情」，會莫名地感到坐立難安。

沙優如此，後藤小姐亦然。

看到迄今不曾見過的表情，我會不曉得該如何是好。
尤其我覺得，三島還是像平常那樣，露出輕浮的笑容比較適合。
想到這裡，便忽然對自己的思考抱有突兀感。
三島剛分發來當我部下的時候，那張「輕浮的笑容」令我惱怒得不得了。但現在又是如何呢？她那樣的一面，讓我感受到莫大的魅力。
在為自己的思緒變化驚訝之餘，我流露出苦笑。
「嗯，妳應該沒問題吧。」
我話說完，三島便杏眼圓睜地歪頭不解。
「什麼沒問題？」
「命中注定的邂逅。妳一定能夠掌握的。」
聽到我這麼說，三島露出難以言喻的神情，偏過了頭去。
「這是什麼意思？」
被她這麼一深究，我有些不好意思地繼續說了下去。
「呃……我是在想說，像妳這種各方面都很機靈，笑起來又很棒的女性，那個男人肯定也會迷上妳啦。」
如此清楚地把想法化為言語後，我搔抓著後頸來藏起羞澀。我不太習慣稱讚別人。

明明這又不是什麼大不了的事，卻莫名地害臊起來。

當我注意到三島毫無反應而望向她時，只見她不斷地東張西望著。

對大部分事情都會傻笑帶過的三島來說，這副模樣感覺格外地動搖不安。

「哎……哎呀……這實在是……」

三島終於開口說話，臉上浮現出曖昧不清的表情。

而後，她傷腦筋地笑了。

「很難受啦。」

這副笑容我也從來沒見過。

這和平常她在工作時所展露的「蒙混笑容」不同，感覺好像掩藏了什麼重要事物在裡頭一樣。

我心想該不會踩到三島的地雷而吃了一驚，回過神來時她已經換上了其他表情。

「不過，能夠受到你稱讚我很開心啦！哎呀，在工作上幾乎沒機會讓你誇獎嘛。」

「可以的話，我希望妳讓我在工作上嘉許啦……」

「啊哈哈，我會適度加油的——」

三島咯咯笑了笑，又露出平常那副惡作劇般的神情。

「比起那個，吉田前輩。」

這張表情我有印象。

完全是在捉弄我的時候會露出來的表情。

我本能地感覺到危險而試圖後退，三島卻搶先急速接近而來。

「什……」

下一刻，三島緊緊抱住了我。身高比我矮了一顆頭的三島，摟著我的時候正好把頭埋在我的胸口。

「等等，妳在幹嘛……」

一股像是洗髮精的甜美香氣忽然飄了過來，讓我不由得心兒怦怦跳。

「喂，放開……」

我好不容易一把抓住了三島的肩膀並試著拉開她時，她倏地把頭抬了起來。三島略略揚起目光，調侃地笑了。

「……你有稍微小鹿亂撞一下嗎？」

「……！才沒有啦，快放開我。」

我使勁推開三島，而後她開心地咯咯笑著，並凝視著我的雙眼。

「原來你也會露出這種表情呀，吉田前輩。」

「這種表情是說……哪種啊？」

我反問三島，於是她露齒一笑，臉上浮現出誇耀勝利的神情。

「就是心跳加速的表情。」

「……嘖。」

看來我始終無法完全掩藏內心的動搖，只見她一臉奸笑地耍著我玩。

儘管一肚子火，我卻一句話也未能回嘴，只能從三島身上移開視線。

「不要耍男人耍得太過分啦。」

「我才沒有耍你呢。」

三島面不改色地說道。

「我只是在想說，你會不會對我怦然心動而已。」

「……被女性貼緊緊的，怎麼可能一點都不激動啦。」

「啊，原來你有把我當成女性呢！啊哈哈。」

不曉得是哪裡有趣，只見三島咯咯笑了一陣，之後像是要把肚子裡的空氣盡數吐光光似的呼了一口氣。

這傢伙到底想幹嘛啊？傻眼的我也嘆了口氣。

我忽然在意起時間而望向手錶，發現已經快要十點了。實在是該回去了，不然我會擔心沙優。

我抬起視線後，和不知何時緊盯著我看的三島四目相對了。
「你一臉想回去的模樣呢。」
「嗯……時間也差不多了。」
「也是呢。我們也該解散了吧。」
三島清楚明白地如此說道，之後低下了頭。
「那麼，今天真是謝謝你了。」
「不，我才該道謝……？」
覺得自己完全沒有做什麼值得她道謝的事。她在奇怪的地方很一板一眼呢。
三島嫣然一笑後轉過身子，朝車站的方向走去。
當我目送著那道背影時，她突然回過了頭來。
「假如我命中注定的對象！」
三島以略大的嗓音說：
「是你的話，你會怎麼辦！」
「別說蠢話了啦！快給我回去！」
聽聞我的答覆，三島再次逗趣地笑了起來，並朝我揮了揮手。這次她真的頭也不回地走進車站去了。

「……回家吧。」

我獨自低聲呢喃，往車站的反方向踏出腳步。

命中注定的對象。

每當我在腦中反覆思量這句話時，不知何故閃現的卻是沙優的臉龐。

我又再看了一次手錶，時間是晚上十點。

沙優是不是在等著我回家呢？還是已經累到睡著了？

無論如何，我覺得對她有些抱歉。

雖然我姑且有在事前聯絡過了，但我想那個時間她一定已經為我做好晚飯了。

她所做的餐點，就明天早上再來享用吧。

我思索著這些事情並快步走著，一眨眼就抵達了家門前。果然比起茫茫然地漫步，邊想事情邊走路感覺比較快到家。

我轉動玄關門鎖，卻沒有發出喀嚓聲。

「奇怪……門沒有鎖耶。」

我歪過頭，打開了大門。

「抱歉，我回來晚了。沙優，妳沒有鎖上大門喔。」

我一面說一面走進玄關，而後隨即產生了一股不自然的感覺。然而，我卻不清楚這

股異樣感的真面目。

平時總是會立刻回應並露面的沙優，今天連應聲也沒有。

「是在睡覺嗎……？」

我脫下鞋子走到起居室，卻不見沙優身影。

「嗯……？」

沙優不在起居室還真罕見。是在廁所嗎？

我敲了敲廁所的門，但毫無反應。

「喂，沙優？」

和更衣室連為一體的盥洗室我也敲過門才打開來看看，可是浴缸那邊並沒有點燈。

我開始慢慢流下冷汗了。

我打開浴室的門確認裡頭，卻也沒見到沙優的人影。

「……是跑去便利商店了嗎？」

如果是那樣倒也無妨，可是那丫頭並不會想在非必要的情況下購物，難以想像她會去超商。

我拿出智慧型手機，啟動通訊軟體。

『喂，妳現在人在哪裡？』

我如此輸入並傳送後，起居室的方向響起了輕快的電子音效。

「……喂喂喂。」

我慌慌張張地走進起居室，只見我買給沙優的手機就被擱在那裡。

我的冷汗狂冒不止。

假如她是獨自出門的，會把手機放在家裡嗎？

不過，我也不曉得她是不是手機會寸步不離身的那種人，也搞不好是我多慮了，但是……

我無法完全抹去不安。

倘若有人闖進了這個家，硬是把沙優帶走的話——

這個想法浮現在我腦海中的瞬間，我的身子便像彈簧一樣倏地跳了起來。

我連忙重新穿上鞋子，由玄關飛奔而出。

平時並沒有特別感覺的夜晚住宅區，讓我覺得像是條極其黑暗的道路。

第15話 惡夢

「真的可以嗎？」

抓著我肩膀的他如此問道。

他給人的感覺很溫柔，長相屬於中上。不是我喜歡的類型。名字我則是已經忘掉了。

「可以喔。」

我卯足全力以游刃有餘的表情展露微笑道。

聽聞我的話語，他點了點頭並碰觸我的身體，接著我倆合而為一。

「舒服嗎？」

他開口問道。

「嗯。」

我頷首回應。

坦白說，其實很痛。

不過，就是要痛才好。

「美咲……」

他呼喚著我。

那並非我的名字，但它目前是我的稱呼。

「好舒服。」

我煞有介事地發出可愛的聲音給他聽。

我明白光是如此，他便會感到心滿意足。

我連自己感到舒服還是噁心都不曉得。

只知道肚子深處有點疼，入口一帶感覺很刺痛。

這兩股感受使我覺得安心。

讓我知道——

啊，原來我也確實有身體存在呀。

醒來之後，我發現室內一片漆黑。

「咦……」

我慌忙起身看向時鐘，才發現已經過晚上九點了。

看到時刻讓我嚇了一跳。如果晚餐還沒有準備好的話，吉田先生回來時就趕不上開飯了。

自從吉田先生把「家務」交給我處理後，我必定會在他下班回家的時間點把餐點和洗澡水準備好。我認為那是自己的義務。

我打算傳訊息告訴吉田先生晚餐會晚點煮，這才注意到他買給我的手機畫面跳出訊息通知。

是他傳給我的。

『我要和公司同事到離家最近的車站那間戲院看電影，所以會晚點回去。妳就先吃飯吧。』

看完這則訊息，我的身子忽地使不上力。

「……太好了。」

雖然不是在奇怪的時間睡著這件事本身受到原諒，不過這樣就不會給吉田先生添麻煩了。

在我鬆懈下來的當下，注意到自己的身體被汗水弄得濕淋淋。

感覺到寒意的同時，回想起自己所夢見的內容，雞皮疙瘩一口氣竄了起來。

來到這個家之後，從未鮮明地回憶起──不對，是我刻意不去回想的事情，一鼓作氣地湧了上來。

我本人有自覺到，自從遇見吉田先生這個不可思議又溫柔的人，我的內心逐漸得到喘息。

即使如此，我所走過的路也不會消失——感覺現實如此攤在我的眼前。

「吉田先生。」

甫一回神，發現自己喃喃脫口說道。

而後隨即體認到自己是個非常愚昧的人。

第一次在陌生男子家住宿時，我應該已經下定了決心才對。我要逃出家裡，取而代之地以這種方式過活。

為了逃離真正難受的事情，必須忍受其他難過的狀況。

我的感官立刻麻痺了。不對，是我自以為麻痺了。

但是，我認為其實自己有發現到。我對自身所作所為抱持著突兀感和厭惡感，並置之不理走到了現在的地步。

接著我遇見了吉田先生。

否定我的一切後才接受我的他，令我困惑、感動，這次則是感到不安。

我認為自己真的很我行我素，而且既弱小又愚蠢。

吉田先生很溫柔。真的比我先前所遇過的任何人都溫柔。

嚴峻地凝視著他人，同時淨是擔心著別人的事。假裝以自己的事情為優先，卻把注意力都集中在他人的痛楚上頭。

這樣的人會對我好，鐵定是因為我看起來很可憐吧。

真是奇妙。

自從離家之後……從我逃離糾纏在身上的夙怨後，我總是留神在「距離被拋棄為止還有多少時間」上頭。

這個人還會讓我在此待上幾個月、幾星期……不，幾天呢？我淨是在計算這些。

可是，現在卻不一樣了。

我八成不想遭到吉田先生拋棄。

更進一步地說，搞不好我甚至想受他喜愛。

我並不是希望他愛上我。我會支持他的戀情，也期盼他獲得幸福。

儘管如此，我仍然忍不住期望，自己能在他心目中占有一席之地的狀況下，受到他喜歡。

所以……他的溫柔之處最令我感到害怕。

萬一連他都棄我於不顧的話，我該怎麼找出自己的價值才好呢？

我尚未得知，不遭到他討厭的最重要條件是什麼。

他對我帶有什麼樣的期望呢？我是否滿足了他所要求的條件呢？

愈是去想，愈覺得心中七上八下。

『我要和公司同事到離家最近的車站那間戲院看電影——』

我低頭看向吉田先生的訊息，不禁深思起這些字句的意義。

那個同事是女生嗎？吉田先生沒有寫是「上司」，所以一定不是他所愛慕的後藤小姐吧。

吉田先生不是個下了班會主動出去遊玩才回家的人，而且活動內容還是看電影。

從他受到邀約這點考量，對方鐵定是女生吧——我隱隱約約地想像得到。

先前他和一個女生一起去喝完酒才回家，會是她嗎？

吉田先生說喜歡後藤小姐，那這名女生又如何呢？她是不是喜歡吉田先生呢？假設答案為是，那麼電影結束後他們會做什麼呢？

一開始思考就沒完沒了。明明照理來說與我無關，我的情緒卻愈來愈不安。

我望向時鐘，時候已經過九點半了。

吉田先生捎來訊息的時間，是七點半左右。

「電影……差不多要播完了吧。」

如果是平時，我應該不會有這種想法。
然而，儘管清楚這樣子很傻，卻感到坐立難安。
我並未換下家居服，直接穿上襪子，隨隨便便地套上樂福鞋後，衝出吉田先生家。
我要到電影院前面去，看看吉田先生以及和他在一起的人長什麼樣子就回家。僅此而已。
一般來想，根本就找不到。我連他在看哪部電影都不曉得，必須恰好在他走出電影院的時間點待在現場，而且車站前面的人潮還頗多的。
要在這當中找出吉田先生，實在太過天方夜譚了。
原本應該是如此才對。
也不知運氣是好或不好，當我抵達電影院前面時，立刻就發現了吉田先生的蹤影。
而且還是他被一名身穿套裝的可愛女生給抱住的模樣。
我的身體好像變成石頭似的動彈不得。
吉田先生掛著迄今我不曾見過的神情。看似著急，又像困擾，也像害羞。
瞬間回想起吉田先生和後藤小姐喝完酒那天的事情。我說什麼也想鼓勵吉田先生而抱住他的時候，他略顯傷腦筋地笑了一笑，才拍拍我的肩膀說：「好了。」

即使不願意，我也體認到。

在吉田先生心目中，他果然絲毫沒有把我當成女人。

而在那裡緊緊擁著吉田先生的女生，確實被他視為異性看待。

由吉田先生的表情看來，我便明白到這點了。

「有什麼關係呢？」

我以小到幾乎只有自己聽得見的聲音喃喃說道。

「這又不是我該在意的事情嘛。」

我好不容易驅策著身體，背對電影院邁步而出。

回家吧。回去帶著泰然自若的表情，一如往常地迎接吉田先生就好。

就跟他道歉說晚飯並未準備好，先讓他去洗澡吧。

我一步步地前進著的雙腳停了下來。

回過神來，我發現視野變得模模糊糊的。

「咦……？」

眼淚沿著我的臉頰流下。當我注意到自己在哭的時候，淚水已經止不住了。

「為什麼？」

路過的行人一臉狐疑地看向我，於是我慌慌張張地再次邁開腳步。

即使以休閒服的袖子擦拭著眼淚，它依然無止盡地湧了出來。
被不知名女性所擁抱的吉田先生和他臉上的神情，在我腦海中復甦而來。
「為什麼……為什麼……？」
為什麼我會這麼討厭那樣子呢？
這個疑問浮現在我心中的瞬間，我便察覺到萌生在自己身上的情感了。
「……哈哈，不會吧。」
明明淚珠停不住，我卻忍不住冷冰冰地笑了起來。
我是……在嫉妒她。
嫉妒那個我根本完全不認識的女生。
嫉妒吉田先生對她露出我未曾見過的表情。
我內心傲慢地想著，希望獨占吉田先生。
「……我真的……真的是個……」
胸口疼痛到好似快要破裂了。
痛到難以衡量的地步。
「傻瓜……」
不禁啜泣的我，一留神才發現自己跑了起來。

要是繼續待在那兒，總有一天我肯定會妨礙吉田先生獲得幸福。

我堅定地認為，絕對不可以回到那裡去。

但是我也無處可去。

我就在不曉得自己正往哪兒去的情況下，僅是吸吐著氣，像個傻子一般疾奔。

*

和前輩解散後，我經過車站剪票口，正要走下通往月台的樓梯時，停下了腳步。

「就這麼回去……感覺也挺令人生氣耶。」

我茫茫然地回想起前輩目送我的神情，有點火大了起來。他竟然露出一副送小朋友到托兒所的父親那樣的表情。

雖然能夠在最後讓他稍微怦然心動這點很痛快，可是從今天的態度我便清楚地知道，即使他視我為女性看待，依然絲毫沒有把我當成戀愛對象的意思。

就算早已明白，還是有點令人沮喪。

或許就是因為如此，我才會漠然地湧現出「誰要直接回家呀」這樣的念頭。

我並沒有現在立刻去追前輩做些什麼的意思。真要說起來，看他的模樣八成目送我

之後就速速回家去了，就算我現在追過去，對他往哪個方位走也毫無頭緒。

因此，今天我想就這麼從離前輩家最近的車站周遭，往我心血來潮的方向到處走，順便看看風景。

一想到便會迅速行動，這是我為數不多的優點。

我走出剪票口，在站前廣場東張西望地環顧四周。

重新這麼一看，我才發現這座車站挺大的。不但有電影院，還有餐飲店及百貨公司之類的。只是，我想像得到無論是哪個設施，前輩都沒什麼在利用，因而覺得好笑。

記得我好像聽前輩說過，他住在離車站步行十分鐘以上的地方。

「好，就走那個方向。」

我找到了一個人潮稀少並略顯昏暗的林蔭道，於是決定漫步到那個方位試試。

我不討厭車站前熙攘往來的人潮，但也喜歡恬靜的道路那股獨特的空氣。

或許前輩曾走過這條路，也可能沒有。無論如何，我的心境都很奇妙。

「不，話又說回來了……」

趁著人煙稀少，我出聲喃喃自語著。

話又說回來——

想都沒想過，自己會如此沉溺於男女之情。

我比普通人還要喜歡電影，當中尤其是愛情故事，真是我的心頭好。然而，看著那些片的時候，我是帶著一副事不關己，好像故事與自己沾不上邊似的感覺在享受它。

可能是我心裡在想，世上的男人都卑微到讓人厭煩的地步，滿腦子淨想著自己的事情，往後我也不會遇見故事裡頭出現的那種迷人男性的關係吧。

能夠進到現在這間公司，坦白講我認為是因為自己生了一副「很受大叔歡迎」的可愛外貌。

在幹部面試時，認真在打探我本質的人，我想就只有那個後藤小姐了。倘若她意見很多，搞不好我就被刷掉了。

正因為我是受到大叔喜愛才得以進公司，之後大叔社員們也對我溺愛有加。

我很快就明白，這是個與其盡力工作，不如適度偷懶會比較好過的職場。先裝作自己不會，聽了大叔社員不得要領的解釋後，稍微進步一點給他們看，再掛著笑容說「多虧前輩，我會做了！」是我平日的流程。將外在壓力抑制在最小限度，而我所發揮的力量也縮減到最少。我原本打算透過這種消極的做事方式，在這兒做到存了一筆錢為止。

這時，我被調動到吉田前輩的專案去了。

前輩就真正的意義而言，很會照顧人。他不願意看到「什麼也不會的我」一直這麼下去。他並沒有對工作不如自己的後進抱持優越感或是瞧不起，只是一個勁兒地嚴格評

斷我。

我覺得這好像是在出了社會之後，第一次有人願意正視我，不由得開心了起來。

而後，我變本加厲地繼續扮演著「什麼也不會的我」。我要做到什麼地步，這個人才會屈服呢——我如此帶著摻雜期待和不安的情緒，孩子氣地觀望吉田前輩的反應。儘管如此，前輩也沒有折服。

當我恍然回神，自己已經會在上班時注意著他了。我隨即明白了一件事，他八成迷上了後藤小姐。這相當好懂。

原來如此，他是為了展現好的一面給她看，才會熱衷於工作嗎——當我逕自這麼接受時，看來狀況並非這個樣子。即使是後藤小姐前往關係企業而不在公司的那幾天，前輩依然工作得很賣力。搞不好反倒比後藤小姐在的時候更拚命。儘管他會對坐在隔壁的橋本前輩抱怨連連，仍然會在工作之餘關心著專案計畫內的所有人。他原本就是個責任感十足，個性又認真的人。

雖然我早就知道了，他並不是只有對我特別溫柔。

我想就是在意識到這點的當下，我對他的感情變成了愛戀。

「喔？」

道路出現了分岔。一條是通向更昏暗之處的下坡，另一條則相反地是往上爬的階梯，有種會走到寬廣之處的氛圍。

由於我已經充分享受黑暗了，於是選了感覺能走到廣闊處的那條路邁步而去。我還挺喜歡爬樓梯的。意識到每一步的感覺，讓人頗開心。

道路兩旁的路燈增加，變得愈來愈明亮。當我爬完樓梯後，來到一座草皮茂盛的整潔公園。

「喔喔，這座公園感覺真不賴。」

我四下環顧，發現有個區域並排著許多張木製長椅。

「是讓小孩子在草地上玩耍，大人則在閒聊的公園嗎？」

我看向四周，見到一旁林立著略高的公寓大樓。這兒是住宅區用的公園吧。

不過，我還挺中意長有草皮的公園。我家附近是一條雜亂無章的街道，並沒有建造這樣的公園。

我像是被吸引過去一般往長椅去，並坐了下來。

稍遠之處有一座以水泥打造而成的開闊空間，可以看到年輕男子在練習滑板，不過除此之外沒有其他人影。

我覺得人煙稀少之處讓人很平靜，最適合拿來想事情了。

我現在的心情是「只要不錯過末班電車，今天要待多晚都無妨」，因此決定稍微待

在這座公園，沉浸在和前輩那場小小約會的餘韻裡。

只是，我感覺自己好像有點餓了。

這麼說來，我們連飯都沒吃，就這麼直接朝電影院出發了呢。

「我是不是有帶著些什麼呢……」

就在我扭過身子，試圖去撈放在一旁的包包，看看是否有帶什麼能夠略略填飽肚子的點心時，我注意到了一個迄今未曾映入眼簾之物。

「呀啊！」

我發出愚蠢的叫聲，而後不禁站了起來。

隔壁長椅後方，有個人蹲坐著蜷曲在那兒。

「嚇……我一跳耶。」

對方有頭長髮，恐怕是女性。她身上穿著整套輕便的休閒服。

她似乎被我的聲音嚇到，抬起了原本低垂的臉。她好年輕，顯然是個未成年女生。

我望向她的腳邊，發現她所穿的是樂福鞋。她果然是女高中生還什麼的吧。

我倆彼此掛著目瞪口呆的表情凝望了對方數秒。而後，這個女孩喃喃開口說道：

「啊……妳是剛才的……」

「嗯？」

「呃，沒事……」

她連忙搖搖頭，噤口不語。

「妳是高中生對吧？這麼晚了在做什麼呢？已經超過十點了，妳要是不回家的話，會被抓去輔導的喔。」

聽我講完，那女孩臉上浮現出難以言喻的複雜表情，並將視線往地面垂落。

「我不曉得……自己應該回到哪兒去才好……」

光憑這句話，我便隱隱約約地察覺到了。

原來如此，是蹺家啊。

如果到了大學生的年紀那就另當別論，但高中生很難離家出走。乍看之下很年輕的孩子，就算想利用車站之類的設施，運氣不好的話便會被抓去輔導。所以若是有考慮到這點的孩子，到頭來也只能在家裡附近徘徊。

「……嗯，如果有監護人同行的話，就不會被輔導了呢。」

回過神來，我已經說出這番話了。

人有時候就是會想逃離家中，沉浸在與平時不同的思緒裡。這種心情我很了解。

那個女孩愣愣地望向我這邊。我再次坐定在長椅上說：

「末班電車離去之前我會在這兒陪妳，妳也盡情在那邊想事情就好了吧？」

聽聞我的話，那女孩一瞬間濕了眼眶，緊咬著嘴唇。

她又低下了一次頭，之後才不斷連連頷首。

「……謝謝妳。」

「不會。」

會開口道謝的，多半都是好孩子。

我內心帶著這種老氣橫秋的想法，又開始撈起包包來。飢餓的自我主張相當強烈。

隨後，我立刻找到了想找的東西。那是我隨時帶在身上的玄米麥麩餅，以應付稍微有點肚子餓時的狀況。

就在我拿了出來，打開小包裝的時候——

咕嚕嚕嚕嚕。

我聽見了其他人的腹鳴聲。

我望向隔壁長椅，發現那女孩把臉埋在自己的雙膝之間，身子一動也不動。我看得見她微微露出來的耳朵變得紅通通的。

「噗！」

我不禁噗哧一笑，把兩包餅乾當中的一包遞給她。

「妳要吃嗎？」

她抬起頭來，眼神傷腦筋地游移了一陣子之後，才頷首回應。

「那這包給妳。妳叫什麼名字？」

「謝謝妳……我叫……茜……」

這女孩話說到一半，便恍然回神似的停了下來。她從鼻子呼了口氣後，稍微放鬆了表情。

「我叫沙優。」

「沙優嗎？真是個好名字。我叫柚葉。」

那八成是假名。她應該是差點說出本名，隨即住口了吧。

這孩子要比想像中來得聰明。我喜歡和聰明的孩子說話。

原先想享受一下獨處的時光，不過投入在這種邂逅之中也不錯吧。

我咬著玄米麥麩餅，同時思索著「該講些什麼話題才好呢」。

第16話 本性

「蹺家？」

在短暫的沉默之後，柚葉小姐輕聲對我拋出詢問。她的聲調真是奇妙。

既非深究，可是也不像是隨口問問。這句話令我感覺到「雖然我很在意，但妳不用回答也無妨喔」這樣的溫度。

「就像是……蹺家一樣。」

實際上，我離開家裡已經是半年多前的事了。現在只是從吉田先生家跑出來罷了。

而目前在我身旁悠哉地吃著玄米麥麩餅的女性成了契機，讓我打消了回到那個家的念頭。

為什麼她會在這種地方獨自徘徊呢？儘管內心浮現這道疑問，不過我認為去思考也無濟於事。

「蹺家……偶爺油那樣過。」

柚葉小姐口中含著餅乾，蠕動著嘴巴說道。她把食物吞下肚子後，繼續說了下去。

「人總是會有想要忽然離家的時候呢……我讀高中時蹺家過好幾次喔。」

「原來如此。」

「我和母親個性不合，常常吵完架就跑出家裡了。」

柚葉小姐一副很懷念似的瞇細了眼睛微笑道。接著，她側眼看向我。

「沙優，妳怎麼會離家呢？」

被她這麼一問，我頓時語塞了下來。為什麼我並未回到吉田先生家呢？我認為沒有一個明確的話語形容。

柚葉小姐從久久不語的我身上別開視線，拋出了一個引子似的開口說道：

「像是和父母吵架……或是家裡太幸福而覺得無聊之類……理由千奇百怪對吧。」

那些全都不對。

只是，「太幸福」這句話讓我內心略有所感。

「妳和爸媽感情好嗎？他們溫柔嗎？」

柚葉小姐開口向我問道。雖然不是父母，不過現在應該回答吉田先生的事情吧。她目前所詢問的，是我人在這兒的理由。

「我認為……感情很好，而且溫柔到令人無法置信的地步。」

聽完我的答覆，柚葉小姐瞄了我一眼，附和道：「是這樣呀。」

「然而妳卻離家出走了嗎？」

柚葉小姐並非責怪，而像是確認著事實一般喃喃說道。

真不可思議。我直到方才都還對這個人帶有戒心，而且坦白說回想起她抱著吉田先生那一幕，甚至會讓我心頭湧上一把火。

明明如此，和這個人說話，我卻會有一種內心深處的想法被順暢無礙地引導出來的感覺。

「我覺得……根本沒有什麼毫無條件的溫柔。」

我一說完，柚葉小姐便抖了一下肩膀，而後望向我這邊。接著她微微偏過頭去，等我把話說下去。

「我認為要對別人好……需要有很多理由。」

「我也這麼認為。」

柚葉小姐對我這番話輕輕頷首同意。

「家裡……有個人對我非常好。但我真的不明白那個人對我這麼溫柔的理由……」

話語從我的心底接二連三地湧現而出。思緒不斷化為言語的過程，順暢到連我自己都驚訝。我為何會對一個剛見面的人，而且還是鐵定對我不利的人說這種事情呢？我如此心想，卻停不下來。

「一想到總有一天那個人將不再需要我……而被他拋棄的話，我整個人就坐立難安……」

「所以才跑了出來嗎？」

我點了點頭，於是柚葉小姐輕聲嘆了口氣。

「……唉，或許也並非不能理解啦。」

柚葉小姐前後擺動著雙腳，娓娓道來：

「我也認為沒有毫無條件的溫柔……不過，有時候真的有人會以這種溫柔相待呢。」

我感覺得到，先前還事不關己的柚葉小姐，她的話語裡頭稍微帶了點溫度。

「就算去思考『這個人為什麼會如此溫柔呢』，到頭來也不曉得呀。明明如此，可是一思索起來就停不下來了。」

說到這兒，她覺得有些可笑地哼了一聲。

「等到發現，就已經整個迷戀上對方了。」

啊，這個人是……望見柚葉小姐的側臉，我不可能會不知道。

她是在說吉田先生，而且是認真迷上了他。

我們兩人是在彼此含糊以對的同時，聊著同一個人的狀況。而且，只有我注意到這

件事情。

「恐懼這種東西非常棘手，它既能驅動一個人，也能使人裹足不前。」

柚葉小姐忽然這麼說。我抬起自然低垂的視線，和窺探著我的柚葉小姐對上了眼。

「以前我看過的一部電影這樣講。然後我就覺得『真有道理耶』。」

柚葉小姐望著我的雙目，把話說了下去。

「沙優八成是被恐懼給纏上了，才會因此動彈不得。」

一旦化為言語，便覺得當真如此沒錯。我感到畏懼。我怕給吉田先生不斷添麻煩之後，有一天或許會遭到他拒絕也說不定。與此同時，還害怕失去自己的棲身之處。

「不過，因為害怕就按兵不動的話，什麼也不會改變，會一直擔驚受怕下去。」

柚葉小姐冷不防地從長椅站了起來，伸了個懶腰。

「既然如此，妳不認為採取行動比較有利嗎？」

語畢，柚葉小姐看向我這邊。她的目光十分筆直，令有些扭曲的我難以直視。雖然莫名帶有深度，但她真的是個率直的人。

這個人一定起身行動了。其結果便是那個擁抱吧。

「不過，有些事情即使有所動作也不會改變就是了……」

柚葉小姐露出略顯自嘲的微笑，再次重新坐在長椅上。

「妳是指剛剛提到的人嗎？」

我是在明知故問。柚葉小姐把視線低垂至地面，並點了點頭。

「沒錯。我已經盡力示好了，可是未能讓對方注意到呢。我徹頭徹尾地不在他的考慮範圍內呀。」

應該沒這回事。實際上，她從吉田先生身上引出了一個我未曾見過的表情。我想那一定是只對「女性」展露的神情。

只是，這些想法並未形成話語。我說不出「坦白講，我都偷看到了」這種話來。

「儘管如此，我覺得總比坐以待斃來得好。若要枯等著未來，在未能獲得期盼的事物之時才來後悔自己沒有行動的話……」

柚葉小姐稍稍加重了語氣，像是對著地面拋下這段話一般。

「那麼全部做過一輪，藉此明白那些行動全都徒勞無功，會比較有收穫喔。」

我想，這番話肯定不是對著我講的。她是為了釐清自己的思緒才這麼說的。

縱使如此，她的話語依然出奇地重重打動了我的心。

我從半年前開始……不，從更久以前……就淨是在逃避。逃離害怕的事情，不斷地逃呀逃的，也不曉得自己能走到哪一步，為了持續「坐以待斃」，我滑頭地採取了各種行動，到頭來就在得不到任何答案的情況下活著。

就這樣的我看來，眼前的她顯得很直率、頑強且美麗。

「我想並不會是徒勞無功的。」

話語自然而然地從我口中滿溢而出。柚葉小姐有些驚訝地看向了我。

「我不會說什麼一定會順利……這種不負責任的話，但儘管如此……我認為妳那份直率的心意，絕對……會改變那個人心中某些事物。」

我結結巴巴地選擇遣詞用字說著，柚葉小姐的眼眸便稍微搖曳了一下。

而後，她略顯害臊地從我身上別開目光，抓了抓鼻頭。

「我居然被妳鼓勵了呀……」

她嘟起嘴這麼說，之後停頓了一會兒——

「謝謝妳。」

柚葉小姐小小聲地帶著輕快的語調說道。

「不會……」

沉默流經我倆之間。然而，那並非尷尬的感覺，而是一段莫名令人安詳的沉默。

明明直到先前為止，一股悲傷得莫可奈何的情緒都支配了我的內心，我的情緒卻變得如此沉穩了。我果然是個無可救藥的單純小朋友。

「我並不清楚沙優妳不希望被討厭的對象，是家人、戀人，還是除此之外的人。」

柚葉小姐從長椅站起身，快步走向我所坐的這張椅子，接著坐在緊鄰我的隔壁。

「假如妳真心期盼今後和那個人依然有所聯繫，並希望他需要妳的話，首先有件事情要做。」

說完，她握住了我的手。在夜風吹拂之下，我的手已變得完全冰冷，但柚葉小姐的手卻是非常溫暖。我在感到莫名驚慌失措的同時，反問道：

「要做的事情是指……？」

柚葉小姐凝視著我的眼睛，停下了數秒鐘的時間。儘管我對於直視那雙直勾勾的眼神感到略微緊張，卻也無法別開視線，只能不斷眨眼等她把話說下去。

「就是露出妳的本性。」

「本性……？」

「沒錯，就是本性。『我是這種人，擁有這樣的一面。即使如此，你也願意和我在一起嗎？』……這樣。」

柚葉小姐說到這兒，倏地放開了我的手。我的手頓時變得冰涼起來。

「雖然我認為人都會有祕密，但是在隱瞞了自己許多事的狀況下，希望讓對方接受自己，這樣很困難吧。」

「……說得也是。」

我一邊回應，同時思索著吉田先生的事情。

我有感覺到，那個人多半是刻意不對我多過問些什麼。而我也甘於這個狀況。

不過，事情確實就像柚葉小姐所說的一樣。隱瞞了一切，卻期盼對方接受自己，實在是非常任性妄為且天真的想法。

「而且呀……沙優妳口中那位『非常溫柔的人』，迄今一直是無條件地對妳好，不是嗎？」

「……是的，溫柔到讓人害怕。」

「既然這樣，此後搞不好也會這樣下去呢。」

柚葉小姐這番話，令我吃了一驚。

「我認為呀，那個人會無條件地對妳好，八成是他信任妳的緣故吧。所以妳也試著……再多相信他一些不就好了嗎？」

的確如此。

吉田先生可曾有背叛過我嗎？雖說我們尚未一塊兒度過多長的時間，那個人卻一次也沒有忽略過我。

「妳說的……確實沒錯。」

自己想個不停，自顧自地感到害怕，最後逃逸而出。

我真像個傻瓜一樣。

「……妳差不多要回去了嗎？」

柚葉小姐面露柔和微笑，筆直地盯著我的眼睛瞧。

我知道她並不是在趕我回家，終歸是溫柔地問：「妳有要回去的意思了嗎？」

我想，在這裡閒聊也無濟於事。說不定吉田先生他正在擔心我。

「是的……我……」

要回去了。

正當我想要如此開口時，傳來一陣慌亂不已的腳步聲，於是我和柚葉小姐便朝著聲音的來源望去。

隨著腳步聲一同現身的，是直至方才都浮現在我腦中的人物。

「沙優！」

被他這麼大聲一喊，我的肩膀大大地抖了一下。

小跑步接近而來的吉田先生並未換下西裝，臉上還汗如雨下。

「……妳在這種地方做什麼啊？」

「不，那個……」

「居然也沒帶手機出門，我很擔心……」

氣喘吁吁地講著話的吉田先生，將視線挪到坐在我身旁的人物上頭時，整個人當場便僵住了。

「……妳不是回家了嗎，三島？」

「吉田前輩，你才是……」

柚葉小姐滿心困惑地交互看向我和吉田先生。

「咦……那個……」

她傷腦筋地揚起嘴角，擠出了話語。

「她是前輩的孩子嗎？」

「最好是啦！」

「說得也是呢，啊哈哈。」

吉田先生的目光也困惑地在我和柚葉小姐之間來來去去，不過隨即狠狠瞪著我。

「妳應該有能夠讓我信服的解釋吧？」

能夠信服的解釋。

聽聞這句話，我的心情變得很奇妙。這表示吉田先生發現我不在，於是內心焦急不已的意思嗎？

一般來說，我消失蹤影的話會感到放心，不是嗎？

想到這裡，柚葉小姐剛剛的話語便浮現在我腦海裡。

『所以妳也試著……再多相信他一些不就好了嗎？』

由於恐懼仍盤踞在心中的緣故，我並未全盤信任對我亂好一把的吉田先生。

我想也差不多該好好坦誠以對，面對問題才行了。

我緩緩點了個頭。

「不曉得是否能讓你信服……但我會解釋清楚的。」

聽見我的回應，吉田先生終於放鬆了擠在眉間的皺紋，而後嘆了口氣。見到從他臉頰流淌至下頷的汗水，我的心情好像有點開心，又覺得過意不去。

「那個那個……前輩……那個……」

柚葉小姐站了起來，在吉田先生面前誇張地揮了揮手。

「幹嘛？」

「什麼幹嘛。呃，這孩子是女高中生對吧？」

「對啊。」

「什麼對啊。呃，你們倆住在一起嗎？」

「嗯，是啊。」

「竟然……」

柚葉小姐四處東張西望，還搔抓著頭髮，很明顯地內心大受動搖。

「所以你最近才會很早回家嗎……」

她低聲呢喃後，大大地咂了個嘴。

「莫名其妙耶！」

語畢，她又深深地坐在長椅上，懶洋洋地把腳向地板伸出去。

「原來我們在聊同一個人的話題嗎……哈哈，這還挺有意思的呢。」

柚葉小姐傻笑了一陣，把目光轉向我這邊來。

「剛剛聊的事情要保密喔。」

「啊……好的，當然。」

我頷首應允，於是吉田先生一臉狐疑地看向我。

「剛剛聊的事情是指？」

「……你沒有聽到她剛才說要保密嗎？」

我話一說完，吉田先生便慌慌張張地交互望向我和柚葉小姐，之後像是投降似的聳了聳肩。

「前輩！」

因為柚葉小姐忽然放聲大喊，我和吉田先生的肩膀都倏地一顫。

「幹嘛啦？」

「……你應該有能夠讓我認可的解釋吧？」

柚葉小姐刻意發出低沉凌厲的嗓音，模仿著方才吉田先生的一字一句。

吉田先生面露苦笑後，稍稍點了點頭。

「我知道了。下次我會好好講清楚的。」

柚葉小姐直直盯著吉田先生瞧，而後嘆了口氣。接著她嫣然一笑，站起身子來。

「好啦，感覺現在的氣氛要讓你們『自家人』自個兒談比較好，我就回去啦——」

「是說，妳怎麼會在這兒啊？」

「我在哪兒做什麼都跟前輩你無關吧。」

柚葉小姐吐了個舌頭，拿起包包。

「在出乎意料的地方碰見我，你有心跳加速嗎？」

「不，並沒有……好痛！」

柚葉小姐拿包包揍了吉田先生後，咯咯輕笑著。

「那就再見嘍，沙優。」

「啊……再見。」

我對揮著手的柚葉小姐低頭致意，而後她將視線轉移到吉田先生上。

「那麼，吉田前輩，我會期待著你那個『能夠讓我認可的解釋』。」

「知道了啦。」

無視於略顯困擾地回應的吉田先生，柚葉小姐轉過身子走下樓梯。

該怎麼說呢，我覺得她真是個帥氣的人。

她一定很清楚自己心目中真正重要的東西是什麼。

「喂，三島！」

隔壁的吉田先生突然大聲叫了起來，害我的肩膀顫抖了一下，柚葉小姐則是驚訝得回過頭來。

「回去小心點啊！」

聽聞吉田先生的話語，柚葉小姐先是噗哧一笑，之後開心地晃著身子笑道：

「好的，爸爸——！」

聽見柚葉小姐放聲回應，我也忍不住笑了出來。

吉田先生有些害臊地搔抓著後頸，而後對柚葉小姐「去去去」地揮著手背。

目送柚葉小姐再次轉身走下樓梯後，吉田先生側眼望著我。

「那我們回去吧。」

一副無所謂似的拋出來的話語，不知為何令我銘感五內。

我忍著幾乎要奪眶而出的淚水，頷首回覆。

「……嗯，回去吧。」

吉田先生嘆了口氣，拍了我的背之後開始邁步而行。

他走在前方不遠處的背影，看起來非常巨大。

第17話 肌膚

到家後，我首先沖了個澡。

因為四處奔走讓我流了一身汗，肌膚黏答答的很不舒服，而且我也想沖個偏熱的熱水澡。

再說，我也認為沙優需要時間整理說詞。如果她能夠在我淋浴的期間釐清情緒，談話的時候應該就能稍微冷靜點吧。

沖著熱水的我，腦袋裡滿是安心和疑問。

首先，幸好找到沙優了。而且還是沒有出什麼狀況，以平安無事的模樣發現，真的是太好了。在到處尋找沙優的時候，我甚至猜測她可能遭到暴徒綁架了。

然而，一旦安然尋獲之後，這次又萌生了其他疑問。

為什麼沙優會在這麼晚的時間離開家裡呢？而且也沒有聯繫我。

倘若她只是為了辦什麼要事而外出，鐵定會在事前捎個聯絡給我。沙優她就是這樣的人。

可是，她不僅沒有聯絡我，出門時還把手機放在家裡。

這麼一想，便會讓我覺得，她是否不願繼續待在這兒，才會意圖離去。只不過，如果是這樣的話，把其他行李全都擱在家中顯得很不自然。

她和三島在一塊兒這點也讓我搞不太清楚。她們是約在車站前見面嗎？但她們倆彼此應該不認識才對。

碰巧在那座公園見到，反而也讓我有種奇妙的感覺……

愈是去思索，我愈不明白答案。

「……用問的比較快呢。」

這種事情我早就知道了。只是儘管知道，卻無法阻止自己去想。

我關掉蓮蓬頭的熱水，站起身子來。

在陷入思考的漩渦之前，我走出了浴室。

草率地拿浴巾擦拭頭髮和身體後，我穿上內褲並套上家居服，離開了更衣室。

「我洗好嘍，沙……」

我走出更衣室望著起居室的方向，便發現沙優在那兒。我愣愣地張大嘴巴，停頓了數秒鐘。

「呃，妳……」

我的思緒無謂地轉啊轉的，卻講不出話來。好不容易說出口的話——

「把衣服穿上啦。」

是這一句。

沙優在起居室裡一動也不動地凝望著我，佇立著的她不知為何做內衣褲打扮。

那是一套黑色的樸素內衣，卻重點式地加了蝴蝶結在上頭，顯得相當可愛。

不，那並不重要。重點在於她為何特意做這種打扮。她既不像是在換衣服，被我看到卻連遮掩的動作都沒有。

「吉田先生，那個呀……」

「我會聽妳說，先把衣服穿上吧？」

「那個呀……」

「先穿了衣服再說吧，好嗎？」

「聽我說。」

沙優的嗓音十分認真。我無法立刻接著說下去而噤口不語。

我終究搞不懂，不過僅穿著內衣褲一事，和沙優想說的話有關係嗎？

「……那個，或許你不這麼認為……」

沙優結結巴巴地開始述說。我不曉得該如何是好，於是先把視線從她身上別開，等待她說下去。

因為我覺得，不斷直視女高中生只穿著內衣褲的模樣，實在不是很ＯＫ。

「可是我呀……其實基本上是個女性……應該說，是個女孩子呢。」

「不，這我知道喔。」

面對這番彷彿震驚的事實般道來的話語，我感覺期待撲了個空。

然而，沙優聽聞我的回應卻搖了搖頭。

「不對，你根本不明白。」

「不明白啥啊？」

我開口詢問，沙優便不發一語地一步步朝我靠近。女高中生身穿內衣褲接近自己的奇妙魄力，讓我不禁稍微後退了數步。

沙優終於來到我眼前，略略揚起眼眸凝視著我。

「……幹……幹嘛啦？」

「我呀，覺得自己就女高中生來說，胸部算大了。」

「可能吧。」

「這樣的女高中生，在你面前只穿著內衣褲喔？」

「所以我就叫妳把衣服穿上了。」

「你覺得怎麼樣？」

沙優毫不留情地窺探我不斷別開的眼瞳。

「沒有什麼怎不怎樣的，女高中生不該對男人坦露肌膚……」

「你想做愛嗎？」

沙優打斷我之後所說出的話語，讓我的思緒停擺了。

之後又立刻急速運轉起來，伴隨著些許憤慨。

「妳啊，我說過妳再輕易地誘惑我，我會趕妳出門……！」

「先前的人呀！」

我試圖規勸沙優的話語，被她近乎於慘叫的大喊蓋過了。這股魄力，令我有種身子被牢牢束縛的感覺。

沙優的手抵著我家居服的上衣，而後用力揪起。她的手在顫抖。

「先前的人呀……都想和我做愛喔。」

先前的人……用不著解釋，我也明白這種說法不是在指男朋友的意思。

那是指迄今讓這丫頭暫住在家裡的男人們吧。

我的心裡感到痛苦。

從讓沙優進了家門，並聽她述說前因後果的第一天開始，我就隱隱約約覺得搞不好

是這麼回事了。由於她含糊其辭，我也並未好好問個明白。

只不過，望見說到這兒便停頓了下來，默默發著抖的沙優，我便心想：原來如此，我非得問個清楚才行了呢。

「……妳做了嗎？」

我把手疊在抓著家居服的沙優手上並如此詢問後，她隔了一會兒才輕輕點頭。

我忍不住嘆了口氣。

「……這樣啊。」

「你感到幻滅嗎……？」

「不……我不曉得，抱歉。」

無法斬釘截鐵地告訴她「沒有」，令我過意不去。

只是，在我的心底，有各種情緒翻攪在一起。像是近似於對世上男性失望的感覺、憤怒，以及對於獻身給這種男人的沙優所抱持的疑問。

「吉田先生，你都不會想跟我做嗎……？一丁點那種念頭都沒有嗎？」

沙優說著說著，抱住了我。她把胸部在我身上擠啊擠的。

我很想叫沙優「住手」並推開她，但她的神色真的非常正經又懇切，看似隱藏著某種悲痛的情緒。我的身體使不上力。

「噯。」

沙優發出了好似吐氣般的聲音，隔著褲子碰觸我的下體。

「喂，別這樣。」

「我要你回答我。」

沙優直盯著我的雙眼不放，同時摸索著我的褲襠。

「你不會對我興奮嗎？」

說話的當下，沙優的手指緩緩拉著我褲子的鬆緊帶。

都摸成這樣了，沙優應該也明白才對。胸部緊貼成那副德性，又被女性頻頻示好，我可沒有遲鈍到會絲毫不起反應。

我的下半身已經確切無疑地變成「那種態勢」了。

我嘆口氣，抓住沙優拉向我褲子的手，阻止了她。

「會啊。妳以為做了這麼多事情，會有男人不感到興奮嗎？」

我回答之後，沙優忽然羞紅了臉，從我身上別開目光。

「為啥妳主動做了這些事之後還在害羞啦？別鬧了。」

「對……對不起……」

「好了，放開我。我真的要發火了喔。」

「嗯……嗯……」

沙優稍微和我拉開了距離，接著東張西望後，才紅著臉以手遮胸。

「事到如今才遮遮掩掩的喔？給我去穿衣服啦妳，真是的……」

「不……不行……我要這樣子說。」

她很堅持這點嗎？

我仍然未能明白，她究竟想講什麼才會做出這種事來。

「我說呀……那個……」

沙優的視線在地板上游移著，同時竭力選擇著詞彙。

她散發一股認真想要說點什麼的感覺，因此我也無法插嘴。

「我是很拚命的。那個……拚命想方設法不回家，在外面討生活。」

沙優喃喃地說了下去。

「撿回一個女高中生，很明顯是弊大於利嘛。萬一被警察知道，理所當然地會遭到逮捕。所以……我想說相對地得要有點好處才行。」

此時，沙優暫時噤口不語，低下了頭。

她是不想說出關鍵的地方吧。

「……因此，妳就拿自己的身體當作那個『好處』是嗎？」

我一說完，沙優便稍微駝起了背，輕輕點頭。

「……嗯。一開始我總覺得很不喜歡……可是習慣後，就感到稀鬆平常了。」

「……原來是這樣啊。」

「反倒是對方如此渴求我的期間，感覺我才能維持住自我、被他人所需要，所以很開心……應該說，有時甚至會……有種彷彿被填滿的感受。」

「……嗯。」

我不清楚自己現在是感到生氣或悲傷。

我並不想聽這些。

可是，沙優希望我聽她說。所以才會像這樣竭盡全力地闡述著。

但我又不能把耳朵給摀起來。

我卯足全力把不斷循環著，幾乎快要躁動而出的想法按捺在心中，同時專心致志地附和著她。

「大夥兒都說什麼『好可愛』或『好舒服』利用著我，而我也讓對方提供了住處。關係簡單易懂真是太好了。然後，如果對那個人來說『害處』大於益處時，我就會被趕走。不斷重複這樣的過程。」

說著這番話的沙優，臉上的表情很平淡。當真就像是淡淡述說著曾經發生的事情，

或是朗讀著他人的歷史般，相當空虛。

「所以呀，我才不明白。」

沙優抬起頭，直盯著我的雙眼。

「你為什麼會收留我在家裡呢？」

她的嗓音非常沉靜，卻感覺蘊含了一股非比尋常的熱氣。

「我什麼也沒有為你做。家事這種東西，任誰都會做呀。頂多只是由我來做你會比較方便，就算不是我做也無所謂呢。我明明給你添了天大的麻煩，你卻始終一心一意地對我好。感覺好得太過頭……讓我搞不懂……該怎麼做才不會被這個人拋棄了。」

「……妳……」

話語並未順利說出口。

我認為，事情的確就像她所說的一樣。

鮮少有人能夠在毫無益處的情形下接受壞處。然而，這種事只要等長大成人後再去留意就好，光是想到一個女高中生帶有這種想法，還偏偏獻出了自己的身體，我的心情便滿是遺憾。

「我真的既蠢又無可救藥，是個搞不清楚自己狀況的小孩子……所以如果不被人所渴求，我就會不知道該如何是好。」

沙優一面說，一面再次接近我而來。

而後她站在我面前，又抱住了我。

「假如你不討厭的話……」

沙優以略微顫抖的嗓音，在我懷裡說。

「就和我上床吧。如果是你就可以喔。倘若你願意抱我，就稍微……嗚！嗯咕！幹……幹嘛……好難受……」

我不聽沙優把話說到最後，便使勁地緊緊擁住她。

「吉田先生……好難過……」

「少囉嗦。」

「幹嘛……你怎麼了……唔哇……」

我揪著沙優的肩膀拉開她，就這麼直接把她的背推到走廊牆壁上抵著。

「吉田先生……那個……」

「我討厭。」

「咦？」

「我說我討厭啊。」

我筆直地凝視沙優的眼眸，把話說了下去。我想，自己的眉頭一定皺了起來。只不

過，目前我不明白該怎麼放鬆臉部的力道。

「聽好了，給我聽仔細啦。」

我一開口，沙優便困惑地眨了眨眼，數次輕輕頷首。

「坦白講，我覺得妳非常可愛。」

「咦？」

「以一個女高中生來說，妳穠纖合度、身材曼妙、長相標緻，還會做家事，簡直太棒了。」

「你……你怎麼突然……」

「可是啊，妳不是我喜歡的類型。」

聽聞我如此斷言，沙優愣住了。

「……咦？」

「我並沒有愛上妳。」

沙優愣愣地張大嘴巴，望著我雙目的眼眸，連續眨了許多次。

「我不會想上一個不喜歡的女人。身體嘛……這個自然是會起反應的。但我並不想看妳的裸體，也絲毫不想和妳性交。妳剛才說『假如你不討厭的話』是吧。所以就讓我來回答妳。我討厭。我拒絕。明白了吧？」

我一鼓作氣地把話講完，沙優便像是被震懾住似的吞了口唾沫，隔了數秒後——

「……速的（是的）。」

她才點頭回應。

「明白就好……是說，妳也差不多該把衣服穿上了啦。」

「嗯……嗯……」

我指著被丟在起居室的休閒服，沙優便趕忙快步走到那兒去，最後總算是從頭上套下了衣服。

映照在眼中的膚色減少，終於讓我的緊張舒緩。我就這麼直接坐在走廊上。

我的身子和嘴巴被一心只想阻止她幹蠢事的念頭所驅動，因此目標達成後，好不容易才開始有了餘裕。

我感覺到自己想說的東西，一點一滴在心頭化為言語。

「……雖然妳說自己什麼也沒能替我做，但才沒那回事呢。」

我喃喃說著，穿上了衣服的沙優便緩緩來到我附近，和我一樣坐在地板上。

「對我而言，家這種東西，原本真的只是個吃飯洗澡睡覺的空間。」

我娓娓道來。感覺得到沙優的視線正集中在我的側臉上。

「我工作很開心，而且只要愈努力上班就會存到不少錢，所以即使是每天只往返職

場和住家的生活，我也不以為苦。」

回想起來，真的就像我所說的一樣。

就職之後的五年期間，我只記得自己在工作。當然，我有不時和同事一起去喝酒，或是到保齡球場玩的記憶。

只是，我連一個女朋友也交不到，也未曾因旅行之類的原因放長假，總之天天泡在工作裡。

「我原以為這樣子就好了。而且我還幻想說，假如能夠和後藤小姐交往的話，生活或許會變得稍微璀璨一些呢。」

我略顯自嘲地這樣說並覷向沙優，只見她露出一副不知道該說什麼好的苦笑，而後從鼻子哼了口氣。

「不過，自從妳來了之後……就不一樣了。」

自從沙優來了之後。

即使不去具體地想像，話語依然接二連三地湧了出來。

「回家後不但有妳準備美味的餐點，還放了洗澡水。而且……還有妳在這兒。」

我語氣輕快地說著，接著聽見身旁的沙優發出稍稍深吸一口氣的聲音。

「該怎麼說才好呢……或許妳很介意自己所擁有的，類似『附加價值』之類的東西……」

對方是怎麼看自己的，又向自己要求著什麼呢？她便是畏懼於這種他人的標準，而活到這一天的吧。

假如我能給這樣的沙優一個明確的答案，那就僅有這句話了。

「但光是妳待在家裡，我的生活就變得開心許多了喔。」

我側眼瞧向沙優說出這番話，而後見到她的目光搖曳著。

「正好被後藤小姐甩掉而感到寂寞可能也是原因啦……一回到家來便有妳在，然後我們倆聊著沒營養的話題一塊兒吃飯，之後房間裡有人陪著一起睡覺。光是如此，我便覺得家裡是個待起來極其舒適的地方。我甚至開始會有『得早點回家』的想法了。」

就在我持續說下去的期間，沙優的雙眼汩汩流下了斗大的淚珠。我不曉得她為什麼在哭，但就算是我也明白，那八成不是在悲傷哭泣。

「所以，我可不希望妳為我做東做西的啊。」

我搔抓著下巴，發現早上才刮過的鬍子稍微冒了一點出來。

「因為我是個難堪又孤寂的大叔……」

沒錯。我應該更早一點這麼說才對。

我把她撿了回來，自認為單方面地幫助了她。

她發生過某些事情而從老家逃出，輾轉在各個不像樣的男人家裡借住。我高舉著正義感的大旗，想讓這樣的她變回一個正經的女高中生，並自認為在保護著她。

這些都是我毫不虛假的念頭，卻並非一切。

誤會那便是我所有的心情，並不公平。

「只要到妳開始有意願想回去的時候就行了——」

光是「我接受了她」這樣的構圖是不行的。在不對等的立場之下進行的同居生活，根本大錯特錯。

「妳願意待在這裡嗎？」

我好不容易講出這句話，於是沙優抽抽噎噎地低下了頭去。

她吸了好幾次鼻涕，並拿休閒服的衣襬擦拭眼淚。

接著，她抬起哭花了的臉龐，發出顫抖的聲音說：

「那樣子可以嗎？」

「嗯，妳只要待在這裡就好了。」

「……你還真是個無欲無求的可憐大叔耶。」

「對吧？」

流著淚的沙優噗哧一笑。我也隨即覺得逗趣，搖晃著雙肩而笑。

沙優嘻嘻笑著，坐在地上拖著屁股往我身旁移動過來，再把額頭靠在我的肩上。

「……謝你。」

「什麼？」

「我們彼此都很淒慘呢。」

沙優說出了和一開始的輕聲呢喃明顯不同的話語，之後抬起了頭。

「看你可憐，我就陪著你吧。」

語畢，沙優終於展露了平時那張傻氣的鬆懈笑容。

「嗯，就拜託妳那麼做了。」

對我這個大叔來說，女高中生很難懂。

然而，對女高中生沙優而言，大叔鐵定也是很難懂的生物吧。

得以互相暴露出弱點的現在，或許我們終於就真正的意義上，展開了「同居生活」也說不定。

終章　站在廚房的女高中生

「吉田先生，你的鬍子。」

「啊？我刮啦。」

「你沒刮乾淨。」

「啊？」

聽人在質樸的廚房裡做煎蛋捲的沙優這麼說，我再次回到盥洗室一看，發現下頷確實有鬍碴殘留。我咂了個嘴，拿起電動刮鬍刀重新再刮了一次。

「嗯，可是呀——」

我走出盥洗室後，沙優眼睛盯著平底鍋說：

「或許稍微留點鬍碴才好呢，比較像你的風格。」

「這啥意思啊？」

「就是字面上的意思。」

沙優邊說邊關掉瓦斯爐火，再把平底鍋上頭完成的鬆軟煎蛋捲移到盤子上。

「來，煎好嘍。」

「感覺很好吃耶。」

「白飯你想吃多少就添多少吧。啊，還有把這個拿去。」

沙優將飯碗和裝著煎蛋捲的盤子遞給我之後，開始把鍋裡的味噌湯盛進湯碗裡。不論什麼時候看，其手法都俐落得令人懷疑她的本業是家庭主婦。

從沙優穿著內衣褲逼近而來的那天晚上，已經過了好幾個星期。

如今沙優做起家事來，真的愈來愈有模有樣了。

之後向三島解釋狀況費了我好大一番工夫……不過從結果來說，事情圓滿落幕了。

「嗯，畢竟是吉田前輩，我想你也沒那個膽量對女高中生下手吧。」

三島說著這種有點失禮的話，基本上展現出了認可的態度。

最近令我在意的事，真要說的話是和後藤小姐之間的距離急驟拉近。她開始會莫名其妙地約我吃午餐了。而且，當她獨自用餐時總是會點沙拉，可是和我吃的時候淨是會點一些份量特別充足的餐點。

當然，我並不是不開心，只是想不到理由的急速靠近會令我無謂地緊張，這樣對心臟不太好。

「我想說讓你看看我毫不掩飾的模樣。」

說出這種話的同時臉上浮現嬌媚笑容的她，依然不斷把我玩弄在股掌之間。

圍繞在我身旁的職場環境儘管有若干變化，但我和沙優的生活毫無問題地持續著。

我把煎蛋捲的盤子擺在桌上，打開電子鍋。就在我把白飯盛裝到碗裡時，沙優的打扮驀然映入我的眼簾。

「奇怪，妳今天幹嘛穿制服啊？」

聽見我詢問，沙優便嫣然一笑，僅把目光投向我這邊。

「適合嗎？」

「女高中生不適合穿制服，那會是個問題吧？」

「我不是那個意思啦……」

沙優嘟起唇瓣，拋下這句話：

「我只是想說偶爾也來當個女高中生看看嘛。」

「妳說偶爾……就算不穿制服，妳也是個女高中生吧。」

「是那樣沒錯啦。」

沙優拿著兩個湯碗走到起居室來。白米飯、煎蛋捲、香腸還有味噌湯——儘管是極其普通的早餐，卻令人食指大動。

「我要開動了。」

「好的，請用。」

見到我開始吃，沙優便繼續把話說了下去。

「一旦穿上制服，即使不願意也會知道是女高中生嘛。」

「嗯，這話是不錯。」

我喝著鹹味恰到好處的味噌湯，感到身子從中心暖了起來。我很喜歡這個感覺。

「縱使只是在廚房做飯的我，也會明白就是女高中生嘛。」

「是啊。」

「真的很方便呢。」

沙優如此喃喃說道，把自己做的煎蛋捲拋入口中，而後心滿意足地點了點頭。

結果我還是搞不懂她想表達什麼，只好模糊不清地附和著。

「我呀，因為討厭當個女高中生才逃了出來。」

沙優唐突地說起至今絕口不提之事，於是我的筷子停下來了。

「可是，這是為什麼呢？」

沙優的視線游移在桌上好一會兒後，傻傻地笑了。

「如今我稍微覺得，當個女高中生或許不錯。」

「……這樣啊。」

我連連頷首，接著喝起味噌湯。
沙優的狀況我仍有許多不明白的地方。
她不說的事情我就不會過問，而且我現在也覺得沒有必要。
只不過，我唯一可以說的就是，我還挺喜歡這丫頭的笑容。
「嗯，怎麼說，制服呢……」
我一開口，扒著白飯的沙優便將眼神挪到了我身上。
「制服呢……雖然很普通……」
明明只要說句「很適合妳」就好，我卻稍微害臊了起來，說不出那種話。
「我認為……那種普通的笑容……很適合妳喔。」
我拋下了這番話，便將煎蛋捲放進嘴裡。其甜味與鹹味的調配做得剛剛好，口感也十分鬆軟。
我忽地注意到沙優毫無反應而抬起視線，於是我和紅著臉望過來的她對上了眼。
「怎麼了？」
「咦……啊……不……沒事。嘿嘿。」
沙優笑了笑蒙混過去，而後咬下了香腸。
坦率的笑容變得要比先前多的沙優，這個表現很符合她的年紀，十分惹人憐愛。

可能是因為迄今吃盡了苦頭的關係，但我希望她在這裡能稍微放鬆一點過生活。

然後慢慢花時間養精蓄銳，面對當真非得正視不可的事物。

「吉田先生。」

名字忽然被她一叫，於是我抬起了頭來。只見沙優直勾勾地凝望著我的雙眼，開口說道：

「假如我不是高中生的話，你會迷上我嗎？」

「啥？」

我發出了愚蠢的聲音後，沙優咯咯笑著，搖了搖頭。

「我開玩笑，開玩笑的。你總是一本正經，所以很有趣呢。」

「妳啊……」

假如沙優不是女高中生的話——

聽她這麼一問，浮現在我腦中的，是數星期前沙優穿著內衣褲逼近而來的光景。

比那再稍微成熟點，並非高中生，譬如說和我同齡……

『就和我上床吧。』

沙優的聲音栩栩如生地在我腦內播放出來，使我全身竄起雞皮疙瘩。我搖搖頭後，

把意識拉回現實。

「你怎麼了？」

「不，沒什麼。」

我把白飯掃進嘴裡咀嚼著，藉以蒙混過去。

無論發生什麼事，她都是女高中生。是個年紀遠比我小很多的黃毛丫頭。

我如此告訴自己的內心，同時把米飯嚥下肚子裡。

我深深吸了口氣再吐出後，心頭漸漸湧現出了一個感想。

或許，幸好沙優是個女高中生。

我對這份感動抱持著強烈的突兀感。

倘若不是女高中生，那又會怎麼樣呢？

不該一大早就思索一些困難的事情。我啜飲著味噌湯，慢慢吞了下去。就在我享受著身體逐漸溫暖起來的感覺時，那些不重要的想法便從我心中溶化掉了。

「吉田先生，你吃得還挺悠哉的，時間不要緊嗎？」

「嗯？啊……」

在沙優提醒之下我看向時鐘，發現距離非得出門不可的時間只剩下五分鐘了。

「糟糕。」

我喃喃說道，慌慌張張地把剩下的早餐掃進嘴裡。

我到盥洗室去隨便刷了個牙，而後穿上外套拎起包包。

「那我出門嘍。」

我手忙腳亂地把腳伸進皮鞋裡並這麼說，沙優便走到了玄關前來，稍稍揮著手。

「路上小心。」

沙優說完，露出了微笑。由起居室窗戶照進來的陽光和她的身影重疊在一塊兒，令我略略瞇細了眼。

「……還真耀眼耶。」

「咦？」

「不，沒什麼。我走了。」

我走出玄關，吸著早晨有些冰涼的空氣，同時拍打自己的雙頰。

簡直就像是新婚生活一樣。

我對一瞬間想到這種事的自己感到傻眼。

不曉得這樣的生活會持續到什麼時候。

只是，不知道是偶然還是必然，我和沙優相遇，並且要生活在一塊兒。

完全想像不到今後會發生什麼樣的事情，會迎向何種結果，儘管如此，我依然不願意半途而廢。

我回過頭去望向玄關。

這個家，直到先前都只有我獨自出門和回來。

然而，現在可不同了。

那是我的家，我所出發的地方，同時也是沙優的藏身之處。是個她應當受到保護，並且安穩度日的場所。

光是帶有「為了守護這個家而工作吧」這樣的念頭，正面積極的力量就稍微湧現而出了。

「好，走吧。」

我輕聲呢喃後，踏出了一步。

大叔和女高中生的奇妙同居生活，還會繼續下去。

後記

初次見面，我是しめさば。

我是個勉勉強強在網路上寫作的人，正戰戰兢兢地寫著這東西。

回想起來，記得我開始在「カクヨム」著手寫這部作品時，就算從網站的傾向來觀察，我也認為「反正不會受歡迎吧」而一副輕佻的模樣。那陣子我正好在開開心心地撰寫著時下流行的異世界奇幻故事，然而腦內卻唐突地（沒記錯的話，是我在自家廁所方便的時候）浮現出「沙優」這名角色，令我坐立難安，於是提筆振書。

我覺得，開端如此草率的這部作品，能夠成長到讓許多人願意閱讀的地步，並且受到責編大人發掘，當真是非常幸運。

我認為不論是人或故事，說到底都是一場機緣，於是實際體會到，能夠和這篇故事及喜歡上它的讀者偶然邂逅，真的是很幸福的事情。

好啦，接下來要致上我的謝詞。

首先是在這片遼闊的網路世界當中發現這部作品，並且願意閱讀和支持的各位讀者朋友，我打從心底感謝大家。

還有，找出了本作的可能性，並將它帶到實體出版這個環節的責編W大人，真的非常謝謝您。不，是不是應該說聲對不起呢？總之，當真受您很大的照顧。

最後是賦予登場人物外型，令他們活靈活現的插畫家ぶーた老師、比作者本人還認真閱讀原稿的校對負責人，以及和出版事務相關的所有人，我由衷感謝各位。

但願我所寫的故事能夠再次和各位邂逅，同時容我結束這篇後記。

しめさば

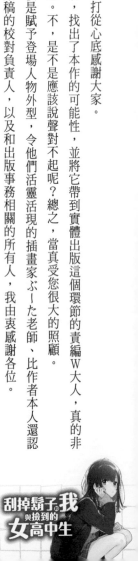

為美好的世界獻上祝福！EXTRA

讓笨蛋登上舞台吧！ 1~2 待續

Kadokawa Fantastic Novels

作者：昼熊　插畫：憂姫はぐれ　原作：三嶋くろね　角色原案：三嶋くろね

端看紅魔族的優等生，
如何撩動冒險者的男人心！

從和真那邊得到前往阿爾坎雷堤亞的住宿券，達斯特因為能免費去溫泉區，樂得春風滿面地踏上旅程！雖然內心充滿對混浴的期待，旅途中卻遭逢麻煩而只能孤單入浴時，發生了意料之外的事？滿載有點色色的插曲，第二集堂堂登場！

各 NT$200/HK$60~65

戰鬥員派遣中！ 1 待續

Kadokawa Fantastic Novels

作者：暁なつめ　插畫：カカオ・ランタン

「一個世界不需要兩個邪惡組織！」
操起現代武器，開始進軍新世界！

眼見征服世界的目標即將實現，為了擴大版圖，「祕密結社如月」將戰鬥員六號作為先遣部隊派遣至新侵略地，但他的各種行動都讓幹部們傷透腦筋，更強烈主張自己應該加薪。然而，他接著卻傳回了號稱魔王軍的同業，即將消滅看似人類的種族的消息——

NT$250/HK$82

目標是與美少女作家一起打造百萬暢銷書!! 1 待續

Kadokawa Fantastic Novels

作者：春日部タケル　插畫：Mika Pikazo

《我的腦內戀礙選項》春日部タケル新作
挑戰百萬銷量的編輯與作家的熱血愛情喜劇！

原本立志成為文藝書編輯的黑川，陰錯陽差被分派到輕小說部門。在這裡有成天被作者的下流電話惹哭的前輩、狂打電動的副總編，及行蹤成謎的總編輯……更糟的是，他所負責的作家正陷入創作低潮中。能寄望的只有另一位天才女高中生作家——

NT$200/HK$65

迷幻魔域Ecstas Online 1~3 待續

Kadokawa Fantastic Novels

作者：久慈政宗　插畫：平つくね

運用魔王與人類的雙重身分生活，
殺戮並拯救班上同學！

降臨而來的修正程式，其真面目是遭到廢棄的遠古魔王撒旦。撒旦對朝霧下了死亡的詛咒，還奪走了英費米亞。窮途末路的赫爾夏夫特（堂巡）於是帶著朝霧逃亡！想方設法意欲拯救朝霧的赫爾夏夫特，在她全身上下塗滿了抗咒潤滑液，想不到卻……!?

各 **NT$220~240/HK$68~75**

新妹魔王的契約者 1~12 待續

Kadokawa Fantastic Novels

作者：上栖綴人　插畫：大熊猫介

獻上刃更與長谷川老師結下誓約的香豔過程！
外加春色無邊的校園生活日常！

本集收錄刃更與斯波恭一最後決戰前，是如何與長谷川結合達成主從誓約，以及戰後他們終於獲得的寶貴日常。在所有人共同編織充實的校園生活中，賽莉絲·雷多哈特也為監視東城家而與他們同居。目睹他們的荒淫關係後，她的矜持開始動搖……

各 **NT$200~280/HK$55~90**

六號月台迎來春天，而妳將在今天離去。

Kadokawa Fantastic Novels

作者：大澤 めぐみ　插畫：もりちか

為什麼非要等到一切都太遲時，
才能說出最重要的那句話？

　　茫然憧憬著都會生活的優等生香衣、「理應是」香衣男朋友的隆生、學校裡唯一的不良少年龍輝、為了掩飾祕密而扮演香衣摯友的芹香。四人懷有自卑感、憧憬、情愫和悔恨。在那個車站，心意互相交錯，但人生中僅有一次的高中時光仍持續流逝……

NT$220/HK$75

國家圖書館出版品預行編目資料

刮掉鬍子的我與撿到的女高中生 / しめさば
作 ; uncle wei譯. -- 初版. -- 臺北市 : 臺灣角川,
2019.06-
  冊 ; 公分
譯自 : ひげを剃る。そして女子高生を拾う。
ISBN 978-957-564-994-4(第1冊 : 平裝)

861.57　　　　　　　　　　　108005639

Kadokawa Fantastic Novels

刮掉鬍子的我與撿到的女高中生 1

（原著名：ひげを剃る。そして女子高生を拾う。）

2019年6月26日 初版第1刷發行
2021年6月14日 初版第8刷發行

作　者：しめさば
插　畫：ぶーた
譯　者：uncle wei

發行人：岩崎剛人
總編輯：蔡佩芬
編　輯：邱瓈萱
美術設計：宋芳茹
印　務：李明修（主任）、張加恩（主任）、張凱棋

發行所：台灣角川股份有限公司
地　址：105台北市光復北路11巷44號5樓
電　話：（02）2747-2433
傳　真：（02）2747-2558
網　址：http://www.kadokawa.com.tw
劃撥帳戶：台灣角川股份有限公司
劃撥帳號：19487412
法律顧問：有澤法律事務所
製　版：巨茂科技印刷有限公司
ＩＳＢＮ：978-957-564-994-4